Mes petites énigmes

De la 6e
à la 5e
11-12 ans

JEUX ET ÉNIGMES

Auteu

Michèle L

avec

Éric Berger
Célia Gallais
Pascal Guichard
Vincent Jarneau
Clémence Roux de Luze

Illustrateur

Alexandre Arlène

hachette
ÉDUCATION

Dans ce petit livre, 120 enquêtes et énigmes t'attendent pour mettre ton cerveau au défi.

Pas besoin d'être le meilleur en maths ou incollable en français : il te suffira d'ouvrir l'œil et de ne laisser passer aucun indice pour prouver que tu es un as de la logique !

Et maintenant, à toi d'affronter les enquêtes policières, les énigmes logiques, les rébus, les charades, et les grilles pour t'initier aux mystères du futoshiki ou de la bataille navale.

Si tu es prêt(e) pour l'aventure, tourne la page et bienvenue au pays des énigmes !

Conception de la maquette : Karine Nayé
Conception et réalisation de la couverture : Hung Ho Thanh
Illustrations de couverture : Coralie Vallageas
Mise en pages : Pascal Guichard

I.S.B.N. : 978-2-01-714807-4
www.parascolaire.hachette-education.com

Achevé d'imprimer en Mars 2022 en Roumanie par Rotolito Romania
Dépôt légal : Avril 2022 - Edition 01 - 15/2316/8

Sommaire

Enquêtes policières

Énigmes visuelles

Énigmes et quiz

Énigmes logiques

Énigmes mathématiques

Énigmes géométriques

Au marché

Trouve combien pèse chacun de ces fruits en répondant aux questions.

Que se passe-t-il si tu retires 1 poire de chaque plateau de la balance ?

 =.................................

Que se passe-t-il si tu retires 1 melon de chaque plateau de la balance ?

 =.................................

Utilise ce que tu sais déjà pour trouver la masse du melon.

 =.................................

La petite souris

Avant de partir au bureau, Sandrine, la maman d'Émilie, avait été très claire :
– Quand je rentrerai, ce soir, je veux que tu aies fini tes devoirs. Tu ne touches pas à l'ordinateur ! Ces derniers temps, tu as passé beaucoup trop de temps sur Internet et tes notes ont baissé !

Pourtant, à peine rentrée du collège, Émilie a filé regarder ses messages pour voir si ses amis lui ont écrit un mot. Elle a ensuite téléchargé une chanson de son artiste préféré et bavardé au moins une demi-heure avec sa meilleure copine en échangeant des photos de leurs dernières vacances.

Émilie savait qu'elle n'avait pas le droit de faire ça ; donc, elle a surveillé l'heure et, bien avant que sa maman ne rentre, elle a éteint l'ordinateur et s'est mise à ses devoirs.

Sandrine vient de rentrer et elle commence par vérifier les devoirs de sa fille. Elle prend un crayon, corrige quelques fautes dans sa rédaction. Et se fâche un peu :
– Tu n'as pas dû passer trop de temps devant cette feuille. Je suis sûre que tu as encore surfé des heures sur Internet !

– Mais maman, répond Émilie, comment peux-tu en être certaine ? tu n'étais pas là et tu n'as pas allumé l'ordinateur.

Alors Séverine fait un petit sourire et dit :
– C'est une petite souris qui me l'a dit !

Émilie est très étonnée. Elle regarde partout autour d'elle à la recherche de cette petite souris et, soudain, elle comprend et éclate de rire.

– Tu es un vrai détective, maman ! Et tu as raison : je n'ai pas obéi mais c'est promis, je ne recommencerai pas…

Et toi, as-tu compris de quelle « petite souris » parle la maman d'Émilie ?

TAPIS
SOURIS

Animaths

Trouve la valeur de chaque animal pour que toutes ces opérations soient justes.

Pour t'aider, un des nombres est déjà décodé.

À la plage

Anne a rendez-vous à la plage avec six copines. Comme elle est en retard, comme d'habitude, les filles sont déjà arrivées ! Mais, pour les repérer, il va falloir un peu d'observation !

Élise n'a pas les cheveux les plus longs du groupe. Elsa porte un chapeau et des lunettes de soleil. Julie et Liv, ce sont les jumelles ; et Liv, c'est celle qui a un maillot deux pièces. Charlotte a des jolies boucles rousses. Et Lydie va peut-être enfin se décider, cette année, à apprendre à nager...

Futoshiki

Remplis cette grille pour que les chiffres 1, 2, 3, 4, 5 et 6 soient inscrits une seule fois sur chaque ligne et chaque colonne. Pour t'aider, les signes < (« plus petit que ») et > (« plus grand que ») te renseignent sur les deux chiffres contenus dans les cases voisines.

6				1					>	4
		∧								
		3				6		1		5
		1		4		5		2		
2	<									
∨		∧		∧		∧				∨
								3		
						∨				∨
		6		3			<			

Rébus

Lis à haute voix ce que tu vois dessiné pour décoder ce rébus qui est le titre d'un film célèbre.

Historique

Aide cet archéologue à rejoindre le temple romain. À chaque carrefour, quand tu rencontres une question, choisis la bonne réponse et tu seras sur le bon chemin.

Le skateboard

Houlà ! Simon est très fâché... Il a prêté son skateboard et, quand il le reprend, il y trouve une grosse éraflure.

– Vous n'êtes pas sympas ! Ma grand-mère vient de m'offrir ce skate pour mon anniversaire. Je m'en suis servi trois fois et voilà qu'il est tout abîmé.

– C'est moi qui ai utilisé ton skate en premier, dit Vincent, le garçon au casque vert. J'ai réussi un super-ollie et tout le monde peut te dire que c'était parfait. Je ne suis pas tombé et je n'ai pas pu érafler ton skate.

– Moi, continue Paul, j'ai pris le skate juste après Vincent. Tu sais que je ne suis pas très doué car je débute au skate.
J'ai juste fait quelques allers-retours sur le half-pipe.
Et ils vont tous te dire que je suis tombé sur les fesses une fois, mais j'allais si doucement que je n'ai pas pû abîmer ton skate.
J'ai seulement cabossé le casque rose de ma petite sœur.

– Oui, rigole Johann, en effet, tu n'allais pas vite... Pas besoin de dire que tu n'es pas très doué : on l'a tous vu... Bon, moi j'ai récupéré l'engin après le show de Paul. Et, pendant que Vincent, Paul et Olivia allaient s'acheter un sandwich, j'ai testé une figure inspirée par mon idole, le champion Tony Hawks. Tu sais bien que je suis le meilleur du groupe au skate : tu ne peux pas croire que je sois tombé !!!
– Moi, je suis tombée ce matin, avoue alors Olivia, et j'ai même cassé mes lunettes, mais c'était avant d'essayer ton skate.
Quand je suis revenue, avec les sandwichs, Johann me l'a passé mais je n'ai rien vu de bizarre.

**Simon observe ses copains, réfléchit et trouve qui a abîmé son skate.
Et toi, as-tu une idée ?**

Allô ! Allô !

Bien avant les téléphones portables, il existait des appareils qui avaient une forme amusante. Pour la connaître, suis les indications du dessin codé.

– Sur chaque ligne et chaque colonne, les nombres t'indiquent combien de cases voisines il faut noircir.

– Les groupes de cases noircies doivent être séparés par une ou plusieurs cases blanches. Ainsi, 3-3-3 signifie que tu dois colorier trois groupes de trois cases séparés par des cases blanches.

– Note une croix dans les cases qui doivent rester blanches : cela t'aidera.

	11	4 1	5 1 1	2 3 7	2 7	5 3 3	2 1 3 2	2 6 2	2 1 3 2	5 3 3	2 7	2 7	3 1 1	3	2
1 1															X
9															X
13															X
3 1 1 3															■
4 5 3															■
4 1															X
1 2 1															X
1 3															X
1 11															X
1 9															X
1 3 3															X
1 2 2															X
1 3 3															X
1 9															X
12	X	■	■	■	■	■	■	■	■	■	■	■	■	X	X

La classe

Elle est étrange, la classe de M. Thomas !
Peux-tu y trouver sept anomalies ?

Message codé

Commence par remplir l'échelle de décodage en inscrivant, sous chaque lettre de l'alphabet, celle qui la précède. Ensuite, aide-toi de ce code pour déchiffrer le message.

A	B	C	D	E	F	G	H	I	J	K	L	M	N	O	P	Q	R	S	T	U	V	W	X	Y	Z
▼	▼	▼	▼	▼	▼	▼	▼	▼	▼	▼	▼	▼	▼	▼	▼	▼	▼	▼	▼	▼	▼	▼	▼	▼	▼
Z	A	B																							

E J Y   Q P V S   D F O U   E F   E F V Y

_ _ _   _ _ _ _   _ _ _ _   _ _   _ _ _ _

D F O U T   F T U   F H B M   B   W J O H U

_ _ _ _ _   _ _ _   _ _ _ _   _   _ _ _ _ _

Charades

Mon premier désigne une petite quantité.
Mon deuxième est la moitié d'un canari qui aime sa mémé.
Mon troisième a six faces.
Mon quatrième est un pronom personnel au singulier.
Mon cinquième est au milieu de la figure.
Mon tout est un repas important.

Mon premier est le bruit du fusil.
Mon deuxième est le verbe *pleuvoir* conjugué à la 3e personne du singulier.
Mon troisième pousse sur les pierres et les troncs.
Mon tout est un fruit.

La partie de cartes

Tom, Kevin, Adrien, Célia et Zoé se retrouvent tous les samedis après-midi pour jouer aux cartes. Rends son jeu à chaque joueur grâce à ces renseignements :

– Kevin et Célia ont en main un nombre pair de cartes.
– Célia a trois fois plus de cartes que Kevin.
– Tom a trois fois plus de cartes que Zoé.
– Adrien a deux cartes de plus que Célia.

Labycolor

Trouve le chemin pour traverser ce labyrinthe du départ à l'arrivée en respectant la règle suivante :

tu peux passer d'une case à l'autre, même si elles ne sont pas voisines, seulement si elles sont reliées par une ligne pointillée et si elles contiennent le même dessin ou la même couleur de fond. Ainsi, pour commencer, tu peux aller de la case « départ » jusqu'à la case jaune avec des sabres.

En construction

Aide cet architecte à retrouver son mètre. À chaque carrefour, quand tu rencontres une question, choisis la bonne réponse et tu seras sur le bon chemin.

Le trésor de Barbe-Rouge

Le cruel Barbe-Rouge est un pirate redoutable !
Il a accumulé un trésor constitué de pièces d'or et de bijoux précieux qu'il conserve dans un coffre depuis des années.

Aujourd'hui, Barbe-Rouge a décidé d'enterrer ce coffre sur une île déserte pour le protéger des voleurs.

Au petit matin, le trois-mâts des pirates a mouillé au large de cette petite île, les marins ont débarqué le coffre et l'ont posé sur le sable. Barbe-Rouge a décidé de laisser le coffre en place puis de partir explorer l'intérieur de l'île pour choisir un endroit où enfouir le trésor.

Pendant tout le temps de l'expédition, aucun marin ne s'est séparé du groupe. Barbe-Rouge y a bien veillé car il est soupçonneux.

Quand le capitaine et les trois marins de confiance qui l'accompagnaient reviennent sur la plage quelques heures plus tard...
Quelle surprise ! Le coffre est vide ! Barbe-Rouge s'étrangle de colère puis, tel un détective, il examine la plage :

– Si quelqu'un avait osé s'approcher de mon coffre, il aurait forcément laissé des empreintes sur le sable de la plage. Or, les seules empreintes que je vois sont celles que nous venons de laisser en revenant.

Un des marins propose :
– Seul un fantôme a pu s'approcher sans laisser de traces sur le sable...

Un autre ajoute :
– Ou alors un oiseau. Il paraît que les pies volent tout ce qui brille.

– Ou alors l'explication est plus naturelle, grommelle Barbe-Rouge en se préparant à punir sévèrement le coupable !

Peux-tu deviner quelle explication Barbe-Rouge a trouvée à l'absence d'empreintes sur le sable ?

Message codé

Commence par remplir l'échelle de décodage en inscrivant, sous chaque lettre de l'alphabet, celle qui la précède. Ensuite, aide-toi de ce code pour déchiffrer le message.

A	B	C	D	E	F	G	H	I	J	K	L	M	N	O	P	Q	R	S	T	U	V	W	X	Y	Z
Z	A	B																							

K F N F T F S T E ' V O D P N Q B T

__ __ ____ _'__ ______

Q P V S U S B D F S V O D F S D M F

____ ______ __ ______

Charades

Mon premier est comme un fruit cuit dans le sucre.
Mon deuxième : un adulte en a 32 dans sa bouche.
Si mon troisième est rempli de cumulo-nimbus, gare à l'averse !
Mon tout est top secret.

Mon premier est une consonne.
Mon second avance ou recule sur un plateau de jeu.
Mon tout écoute aux portes.

La rentrée

Le jour de la rentrée, Mme Pic est surprise. Contrairement à l'année dernière, elle a deux fois moins de filles que de garçons dans sa classe de 36 élèves.

Combien y a-t-il de filles dans sa classe ?

Suite logique

Quelle est la suite logique de ces nombres : 51, 74 ou 92 ?

6 2 8 10 18 28 46 ?

Touché ! Coulé !

Cette grille représente un port où six bateaux sont ancrés. Trouve l'emplacement de chaque bateau en t'aidant des chiffres inscrits autour de la grille ; ils indiquent combien de cases sont occupées par une partie de bateau sur la ligne ou la colonne.

Les bateaux ne se touchent jamais, pas même en diagonale.

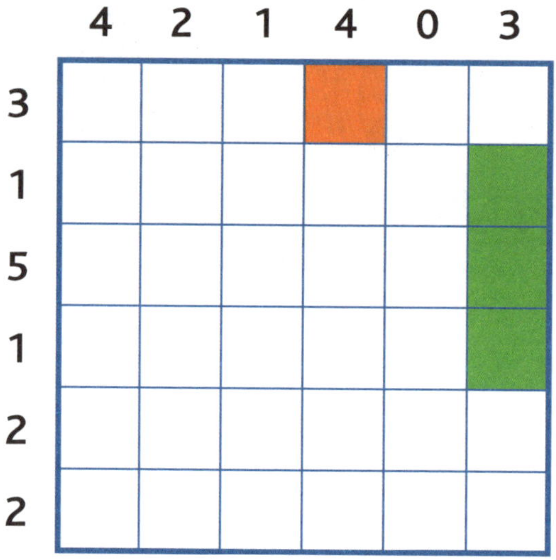

Commence par colorier en bleu les cases de la colonne marquée « 0 » et celles qui entourent le paquebot.
Ensuite, complète la troisième ligne.

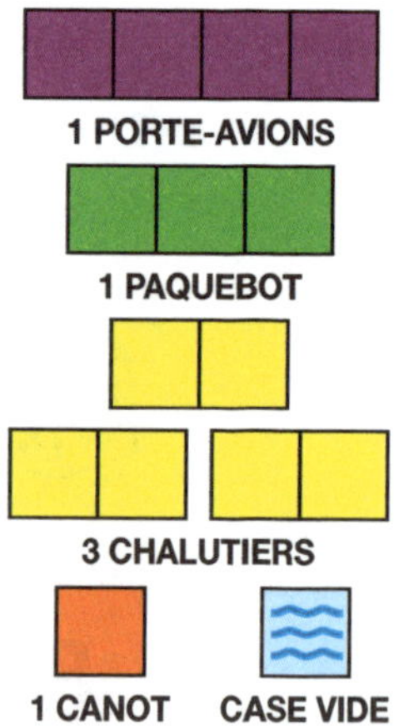

Anniversaires

Rose et sa tante Émilie ont 65 ans à elles deux et sont nées le même jour. Quel âge ont-elles chacune, sachant que tante Émilie a 35 ans de plus que sa nièce ?

Les clichés de vacances

Juliette envoie une photo tous les jours à sa copine Charlie. Elle a 12 photos à envoyer et elle commence un mardi.
Quel jour aura-t-elle envoyé la dernière image ?

lundi – mercredi – samedi – dimanche

Poulet volé

Pour le dîner, tous les samedis soir, chez Carla, on mange un délicieux poulet rôti. C'est comme ça, c'est la tradition ! Et personne dans la famille ne s'en plaint.
Carla et son père choisissent toujours un blanc ; la maman de Carla, elle, déguste une cuisse. Ensuite, on met le poulet au réfrigérateur et, le dimanche midi, on le finit froid avec de la mayonnaise.

Commence alors la fête pour Poppin, Rex et Minou, les deux chiens et le chat de la maison, qui ont le droit de se partager les os et la peau. Eux aussi adorent ça !

Mais aujourd'hui, quand est venue l'heure du dîner, il fallut bien s'avouer que le menu allait être allégé : le poulet avait disparu !

Les parents de Carla ont tout de suite pensé qu'un des habitants à quatre pattes de la maison devait être le coupable, car il faut de bonnes dents pour manger le poulet avec ses os !!!

Une grande enquête commença alors...

– Voyons, dit le père : Poppin a bien un os devant son panier mais c'est un jouet en caoutchouc. D'ailleurs, avec ses vieilles dents, il n'aurait pas pu croquer tout le poulet.

– C'est vrai, ajouta la mère, et, en plus, ce brave vieux Poppin n'a sans doute pas bougé de son panier. Il a encore passé son après-midi à dormir.

– Regardez dans le jardin ! s'écria Carla. Rex est en train de dévorer notre poulet !

– Oh ! le coquin, dit le père. Mais Rex est bien trop gros pour avoir pu se faufiler à travers la petite ouverture de la porte-fenêtre...

Alors, à ton avis, comment s'est déroulé le vol du poulet et qui est le coupable ?

POPPIN'S

Futoshiki

Remplis cette grille pour que les chiffres 1, 2, 3, 4, 5 et 6 soient inscrits une seule fois sur chaque ligne et chaque colonne. Pour t'aider, les signes < (« plus petit que ») et > (« plus grand que ») te renseignent sur les deux chiffres contenus dans les cases voisines.

4	>			2				6		1
	>			1			>	3		6
6			<						<	3
								∨		
			>	4						
2		1						5		
∨						∨				
		6			>			4		5

Rébus

Lis à haute voix ce que tu vois dessiné pour décoder ce rébus qui est le titre d'un film célèbre.

C'est la course !

Pour son anniversaire, Gaston a organisé une course avec ses copains. C'était vraiment génial, et quand il regarde la photo, il se dit qu'il a passé un super-moment !

Mais, avec les casques, ce n'est pas facile de reconnaître tout le monde. Pourtant, s'il se souvient bien, Hugo et Alfred étaient tous les deux en rollers. David avait pris une trottinette. Mattias était en skateboard, comme son grand frère Jonathan qui était fâché, car il avait perdu son casque et avait dû prendre le rose de sa petite sœur. Enfin, il y avait Sam qui n'avançait pas très vite avec son petit vélo, mais qui pourtant n'était pas le dernier, contrairement à Hugo qui n'arrêtait pas de tomber !
Aide Gaston à trouver qui est qui sur la photo !

Animaths

Trouve la valeur de chaque animal pour que toutes ces opérations soient justes.

Pour t'aider, un des nombres est déjà décodé.

Symax

Sauras-tu remplir entièrement cette grille en respectant les règles suivantes ?
Les grosses lignes sont des axes de symétrie entre deux cases voisines qui doivent donc contenir la même couleur.
Les lignes pointillées sont des axes de symétrie entre deux blocs de neuf cases qui doivent donc contenir les mêmes couleurs disposées symétriquement. Commence par reporter les couleurs déjà placées puis reporte ensuite celles que tu auras coloriées.

Pour débuter : les deux grosses lignes qui entourent la case jaune (1) te permettent de la reporter dans les cases voisines (2 et 3). La case 3 se reporte en 4. Ensuite, les lignes pointillées te permettent de reporter toute cette zone jaune symétriquement dans le bloc du dessus (cases 5 à 8). Reporte maintenant ces huit cases dans les blocs de gauche (cases 9 à 16).

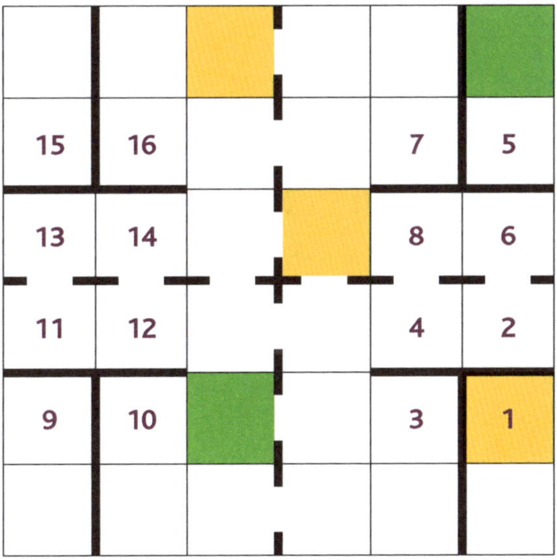

Charades

Mon premier est le petit du cerf.
Mon deuxième est un petit bol.
Mon troisième est un insecte suceur de sang.
Mon tout est un synonyme de *formidable*.

Mon premier est costaud.
Mon second est la femelle née d'un âne et d'une jument.
Mon tout peut être aussi bien magique que mathématique.

Mon premier n'est pas haut.
Mon deuxième est le département dans lequel se trouve la ville de Toulon.
Mon troisième, c'est « oui » en russe.
Mon quatrième est une activité qui permet de se divertir.
Mon tout n'est pas apprécié en classe.

Le trésor caché

Barbe-Raide le pirate a caché son trésor sur une île déserte et laissé ces indications :

« – Le coffre est enterré à 10 lieues de la tour écroulée.
– Il se trouve à 7 lieues de l'arbre mort.
– Il est à l'ouest de la rivière. »

Si tu étais sur cette île : où chercherais-tu le trésor, près d'un palmier ? près d'un rocher ? près d'un pont ?

Bon anniversaire !

Samedi dernier, Chloé fêtait son anniversaire. Ses parents avaient invité ses meilleurs amis et avaient tout préparé pour que la fête soit géniale ; un super goûter, des petits cadeaux pour chacun et plein de jeux.

L'après-midi a été très animée et, après le goûter, Chloé a ouvert ses paquets puis on a organisé un karaoké endiablé grâce à la console de jeux de son grand frère. C'était géant !

Puis, petit à petit, l'ambiance a changé et, à la fin de l'après-midi, ce fut le drame : Sonia et Théo sont même partis en disant qu'ils ne reviendraient plus jamais chez Chloé et qu'ils n'étaient plus nos copains...

Tout ça, c'est la faute de Kevin. Quand on a joué dans la piscine à ballons, cet idiot s'est amusé à crever tous les ballons verts en disant que c'est une couleur qu'il n'aimait pas !

Au moment où Chloé a apporté le gâteau, il a soufflé les bougies lui-même puis il a pris la plus grosse part.

– On était tous bien énervés, tu imagines ça. Alors la maman de Chloé, pour calmer tout le monde, a proposé qu'on fasse un jeu de société. C'était un jeu très amusant : on lançait un dé, on avançait son pion d'autant de cases que le dé indiquait de points, et, si on tombait sur une case qui portait un nombre multiple de 5, on gagnait un petit cadeau. Mais, bien sûr, Kevin s'est encore fait remarquer en trichant tout le temps.

Et si tu crois que j'exagère, regarde les photos !

Peux-tu dire quelle était la couleur du pion de Kevin et comment les photos prouvent qu'il est un tricheur ?

Animaths

Trouve la valeur de chaque animal pour que cette addition soit juste. Pour t'aider, deux chiffres sont déjà décodés.

À la plage

Trouve sept anomalies dans cette scène de vacances à la plage.

Le bolide

Pour savoir à quoi ressemblaient les bolides d'autrefois, suis les indications du dessin codé.

– Sur chaque ligne et chaque colonne, les nombres t'indiquent combien de cases voisines il faut noircir.

– Les groupes de cases noircies doivent être séparés par une ou plusieurs cases blanches. Ainsi, 3-3-3 signifie que tu dois colorier trois groupes de trois cases séparés par des cases blanches.

– Note une croix dans les cases qui doivent rester blanches : cela t'aidera.

	1 3	6 2	1 2 1	1 3 2	1 4	2 1 2	7 2	3 1 1 2	1 1 2 2	2 1 1 3	1 1 1 2 2	1 6 1 1	2 1 2 2	2 1 3	11
4												■			
3 2												X			
3 2												X			
7 1												■			
1 1 1												■			
1 1 1												■			
1 2 1 1												■			
6 1 4												■			
1 6 1												■			
4 1												X			
4 3 1												■			
2 8 3												X			
1 6 2	■	X	X	X	■	■	■	■	■	■	X	X	X	■	■
2 2 2 2												X			X
3 3												■			X

Les ballons

Trouve combien pèse chacun de ces ballons en répondant aux questions.

Combien de ballons violets pèsent autant que 1 seul ballon rouge ?

 =........... 

Par combien de ballons violets pourrais-tu remplacer les 2 ballons rouges ?

2  =........... 

 =...........

 =...........

 =...........

J'étais pas là !

Le commissaire Laloupe est un grand enquêteur. Dans l'affaire du cambriolage de la bijouterie, il a réussi en quelques heures seulement à trouver des indices qui accusent Antoine Paulin, que les mauvais garçons de la ville surnomment Doigts-de-fée à cause de son habileté à ouvrir les coffres-forts.

Le commissaire Laloupe a donc envoyé deux agents de police à l'adresse d'Antoine pour l'interroger.

Quand les deux agents arrivent devant la petite maison du suspect, le propriétaire est justement dans le jardin, devant la porte d'entrée.

– Bonjour, messieurs les policiers, dit aimablement Antoine ; vous avez de la chance de me trouver ici. J'étais parti en vacances et je rentre à l'instant. Je viens de passer deux semaines au bord d'une plage délicieuse où le thermomètre n'est jamais descendu en dessous de 25 °C ! J'arrive à l'instant de l'aéroport.

Quand les policiers reviennent au commissariat pour annoncer au commissaire qu'Antoine n'a pas pu cambrioler la bijouterie, celui-ci leur demande :
– Et avez-vous fouillé sa maison ?
– Non, avouent les deux policiers. Cet Antoine est d'ailleurs très poli. Il nous a dit que, si on entrait, il faudrait l'excuser car, comme il était parti deux semaines et que personne n'était venu chez lui pendant ce temps, le ménage n'était pas fait et que tout serait sans doute en désordre !

– Il vous a invités à entrer..., réfléchit le commissaire. Eh bien, vous auriez dû le faire, je pense !

Pourquoi le commissaire dit-il cela et que pense-t-il de l'alibi d'Antoine Doigts-de-fée ?

6
POLICE
LEO
POLICE

Touché ! Coulé !

Cette grille représente un port où six bateaux sont ancrés. Trouve l'emplacement de chaque bateau en t'aidant des chiffres inscrits autour de la grille ; ils indiquent combien de cases sont occupées par une partie de bateau sur la ligne ou la colonne.

Les bateaux ne se touchent jamais, pas même en diagonale.

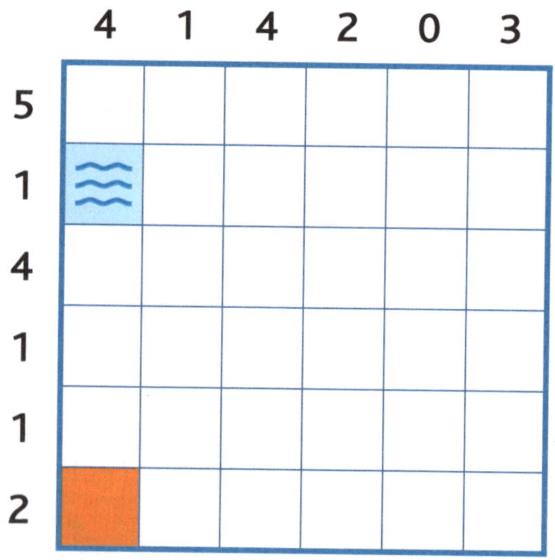

Commence par colorier en bleu les cases de la colonne marquée « 0 » et celles qui entourent le canot.
Ensuite, complète la première colonne.

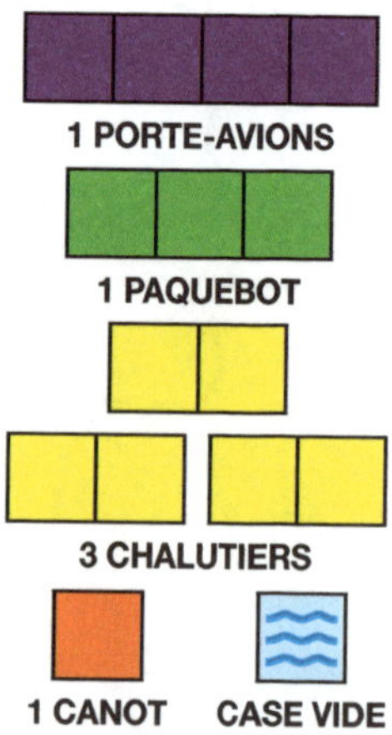

La tombola

Julie, Tim, Lola, Pablo et Nat ont acheté un billet de tombola à la fête du collège. Ils espèrent décrocher de beaux lots ! Trouve à qui appartient chaque billet grâce à ces renseignements :

– Tim a un billet dont le numéro est cinq fois plus élevé que celui d'une des filles.

– Pablo et Nat ont les plus gros numéros.

– Les numéros de Julie et de Nat ont un chiffre des milliers identique.

Histo-quiz

Trouve les bonnes réponses aux questions, puis écris les lettres correspondantes dans les cases et tu liras le nom d'une personne qui se déplace en permanence.

1. Comment appelle-t-on un monument antique en forme de grande table de pierre ?

N – Un « dolmen ».
O – Un « menhir ».
P – Une « pyramide ».

2. Quelle est la capitale de la Haute-Égypte ancienne ?

L – Le Caire.
M – Memphis.
O – Thèbes.

3. Les Grecs croient en plusieurs dieux. Comment désigne-t-on leur religion ?

M – Polythéisme.
N – Monothéisme.
O – Polymorphisme.

4. Quel dieu grec est le plus puissant ?

Z – Poséidon.
A – Zeus.
B – Jupiter.

5. Quel fleuve coule dans la ville de Rome ?

C – L'Euphrate.
D – Le Tibre.
E – Le Nil.

6. Quel général romain entra avec son armée dans la ville de Rome ?

C – Romulus.
D – Pompée.
E – César.

Labycolor

Trouve le chemin pour traverser ce labyrinthe du départ à l'arrivée en respectant la règle suivante :

tu peux passer d'une case à l'autre, même si elles ne sont pas voisines, seulement si elles sont reliées par une ligne pointillée et si elles contiennent le même dessin ou la même couleur de fond.

Animaths

Trouve la valeur de chaque animal pour que cette addition soit juste. Pour t'aider, un chiffre est déjà décodé.

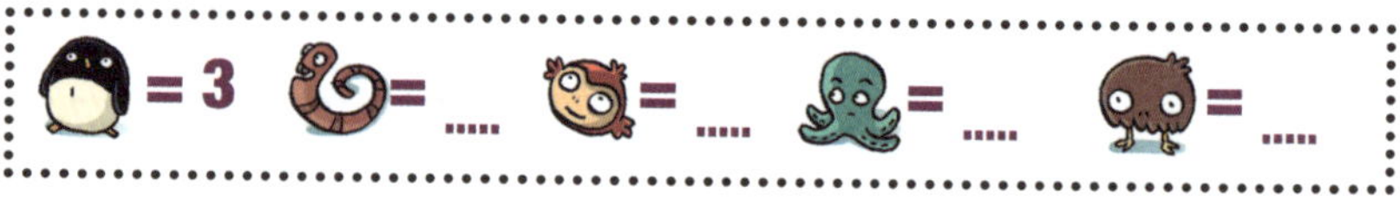

Symax

Sauras-tu remplir entièrement cette grille en respectant les règles suivantes ?

Les grosses lignes sont des axes de symétrie entre deux cases voisines qui doivent donc contenir la même couleur.
Les lignes pointillées sont des axes de symétrie entre deux blocs de neuf cases qui doivent donc contenir les mêmes couleurs disposées symétriquement.
Commence par reporter les couleurs déjà placées puis reporte ensuite celles que tu auras coloriées.

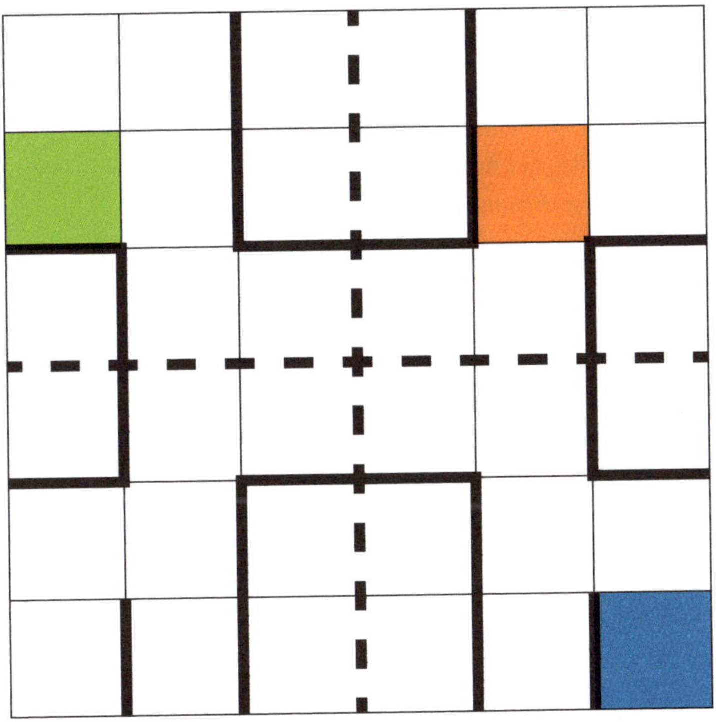

Le verger de papy

Comme chaque année, Théo passe ses vacances chez son papy. Papy Lucien est un merveilleux jardinier et un grand amoureux des arbres. Théo regarde par la fenêtre ceux qui poussent le long du chemin et demande à son père :

– Ces grands arbres-là, ils étaient déjà là quand tu avais mon âge ?

– Les plus anciens oui, mais, tu sais, papy en a planté beaucoup. Tiens, regarde la photo, là sur le mur. Le petit garçon que tu vois là, c'est moi, quand j'avais 5 ans.

– Ah... et pourquoi papy a-t-il une pelle à la main ?

– Parce que, ce jour-là, c'était mon anniversaire et papy a planté un arbre pour moi. Il m'a dit que cet arbre grandirait en même temps que moi et que je serais content de le voir pousser.

– C'est chouette comme idée, remarque Théo.

– Oui, lui répond son père.

– Donc, puisque tu as 40 ans et que tu avais 5 ans le jour où vous l'avez planté, cet arbre a maintenant 35 ans, calcule Théo.

– Oui, peut-être..., murmure son père.

Plus tard, en y repensant, Théo se demande pourquoi son père lui a répondu de manière aussi vague. Il réfléchit et se dit : « Ah, mais oui, je comprends... je me suis trompé dans mon calcul. »

Théo retourne voir son père et lui dit :

– J'ai repensé à ton arbre et je me suis dit qu'il ne pouvait pas avoir 35 ans, car, sur la photo, on voit bien que l'arbre était déjà grand le jour où il a été planté.

– Tu as raison, Théo, dit son père : pour connaître l'âge exact de cet arbre, il faudrait savoir quel âge il avait quand on l'a mis en terre, mais... pas seulement.

Que veut dire le père de Théo ?

Touché ! Coulé !

Cette grille représente un port où six bateaux sont ancrés. Trouve l'emplacement de chaque bateau en t'aidant des chiffres inscrits autour de la grille ; ils indiquent combien de cases sont occupées par une partie de bateau sur la ligne ou la colonne.

Les bateaux ne se touchent jamais, pas même en diagonale.

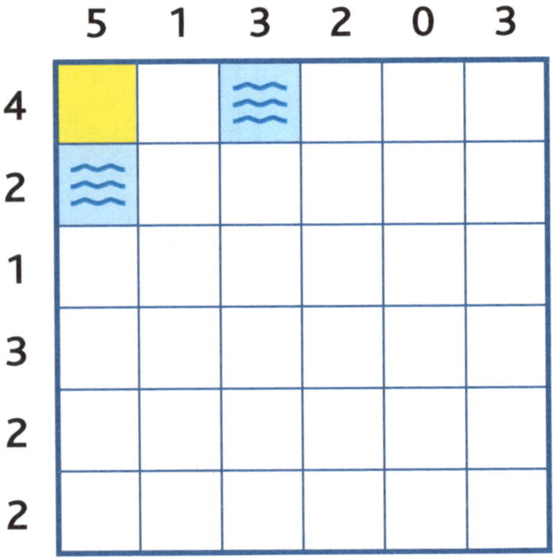

Commence par colorier en bleu les cases de la colonne marquée « 0 ». Ensuite, complète la première colonne.

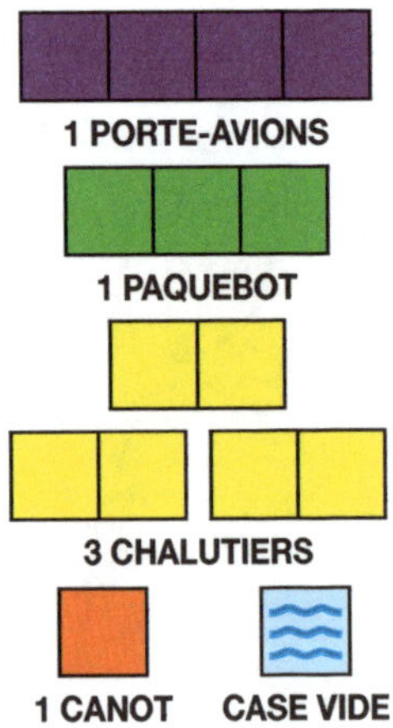

Au fast-food

Trouve les prénoms des gourmands assis autour de cette grande table grâce à ces renseignements :

– Édouard n'a pas terminé son hamburger.
– Clément a mangé toutes ses frites ; il avait aussi très soif !
– Chloé avait commandé une salade et une glace.
– Manon, qui avait déjà mangé, a pris le même dessert que sa sœur.
– Katia a deux voisins.

Futoshiki

Remplis cette grille pour que les chiffres 1, 2, 3, 4, 5 et 6 soient inscrits une seule fois sur chaque ligne et chaque colonne. Pour t'aider, les signes < (« plus petit que ») et > (« plus grand que ») te renseignent sur les deux chiffres contenus dans les cases voisines.

5		3			>			4		2
				∨				∨		
						3				
∧		∨				∨				
				4				1		
∨										
				2			>	5		1
		∨								
1				5	>					
	>		<			5	<			4

Rébus

Lis à haute voix ce que tu vois dessiné pour décoder ce rébus qui est le titre d'un film célèbre.

Calculette

Aide Jonathan à retrouver sa calculatrice. À chaque carrefour, quand tu rencontres une question, choisis la bonne réponse et tu seras sur le bon chemin.

Drôle de voleur !

Le commissaire Laloupe a réussi à confondre un grand nombre de criminels endurcis et, quand on lui demande de raconter ses exploits, il dit souvent que le plus difficile ce n'est pas de savoir qui a commis un délit mais de réussir à attraper le coupable !

Aujourd'hui, il est sur la piste de Tommy, un escroc redoutable qui est passé maître dans l'art de se déguiser.

– Je me rappelle la fois où il s'était grimé en Père Noël et qu'on avait dû l'arrêter au milieu d'un grand magasin avec des enfants tout autour qui pleuraient ! Ce Tommy est incroyablement doué… C'est pourquoi, cette fois, il va falloir ouvrir l'œil…

Après avoir rappelé les exploits de Tommy, le commisssaire Laloupe a envoyé deux de ses meilleurs limiers à sa recherche.

Quand il a échappé à ses poursuivants, il portait un blouson noir, un T-shirt blanc, un jean et des baskets.
– Nous le suivions discrètement car nous espérions l'arrêter ce matin, mais, soudain, il a disparu. C'était près du grand parking, derrière la mairie. D'habitude, c'est un coin assez tranquille mais, là, c'était un peu la panique parce que les caravanes du cirque Zouip venaient d'arriver.

– Cet après-midi, le cirque organise une grande parade dans les rues de la ville pour annoncer la représentation de ce soir.
Allez-y, observez bien tout le monde et essayez de repérer Tommy.
Il sera sûrement là, soit parmi les artistes du cirque, soit parmi les passants sur les trottoirs.

Les agents n'ont rien vu ; mais toi, as-tu une petite idée du déguisement que Tommy a revêtu ?

CIRQUE ZOUiP!

Les flacons

Trouve combien pèse chacun de ces flacons en répondant aux questions.

Que se passe-t-il si tu retires 1 flacon bleu et 1 flacon jaune de chaque plateau de la balance ?

= ....

Que se passe-t-il si tu retires 1 flacon rouge et 1 flacon bleu de chaque plateau de la balance ?

= ....

Trouve maintenant combien pèse 1 flacon rouge.

= ....

Les gladiateurs

Trouve sept anomalies dans cette scène qui se déroule dans l'Antiquité à Rome.

Quelle sobriété !

Pour faire apparaître la silhouette d'un animal célèbre pour sa sobriété, suis les indications du dessin codé.

– Sur chaque ligne et chaque colonne, les nombres t'indiquent combien de cases voisines il faut noircir.
– Les groupes de cases noircies doivent être séparés par une ou plusieurs cases blanches. Ainsi, 3-3-3 signifie que tu dois colorier trois groupes de trois cases séparés par des cases blanches.
– Note une croix dans les cases qui doivent rester blanches : cela t'aidera.

	3	1 2	4 4	1 8	12 1	8	8 1	12	8	4	7 1	12	8 1	1 5	2
1 1															
4															
1 1 1															
5 2 2															
2 2 3 3															
2 3 3															
3 7															
13															
11 1															
11															
6 4															
4 1 1															
1 1 1 1															
1 1 1 1															
4 4	X	X	X	X					X	X					X

Au cirque

Fabrice passe l'après-midi au cirque avec son oncle. Le spectacle commence à 14 h 30 et se termine à 16 h 30 avec un entracte de 20 minutes au milieu du show.

À quelle heure se termine la première partie du spectacle ?

À la goutte près...

Andréa part en vacances. Elle confie son bel iris à son copain Matthieu et lui recommande de l'arroser tous les deux jours s'il fait chaud : 300 ml. Tous les trois jours s'il fait plus frais : 400 ml. Andréa est partie onze jours.

Pendant son absence, il a fait beau pendant huit jours d'affilée, et frais les trois derniers jours.

Combien d'eau Matthieu a-t-il donnée à la plante ?

Un gâteau au goûter !

À 14 h, Chloé prépare un gâteau au chocolat. Elle met d'abord le chocolat à fondre pendant 7 minutes. Ensuite, pour préparer la pâte, il lui faut 25 minutes.
Au moment de mettre le gâteau au four, tête en l'air, elle s'aperçoit qu'elle a oublié de le préchauffer : cela demande encore 10 minutes d'attente. Enfin, quand le four est chaud, elle enfourne le gâteau pour 35 minutes de cuisson.
Elle laisse alors le gâteau reposer 6 minutes de plus et, ensuite, le fait refroidir pendant 45 minutes.

À quelle heure la gourmande pourra-t-elle le déguster ?

Suite logique

Trouve d'abord la logique qui explique cette suite d'horloges.

Puis choisis, parmi les petites horloges, celle qui complète la série.

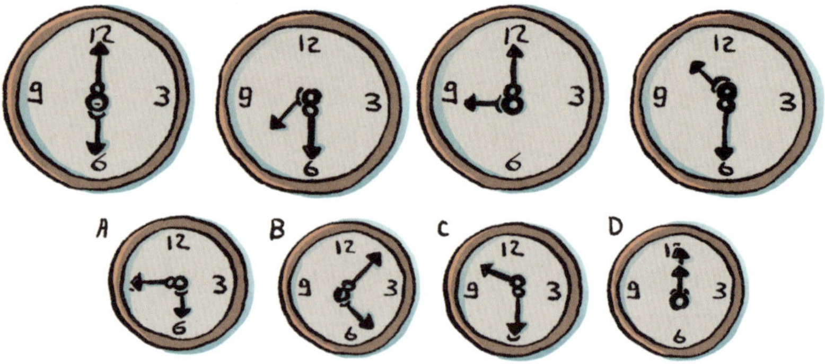

Les poissons rouges

Le jardinier a décidé de creuser un bassin pour ses poissons. Il a vérifié que chacun des quatre côtés du bassin mesure 20 dm et que l'aire totale du bassin est de 400 dm^2. Il se demande comment il va bien pouvoir appeler son bassin.

Si tu étais le jardinier, comment appellerais-tu ce bassin : « le rectangle aux poissons » ? « le trapèze aux poissons » ? ou « le losange aux poissons » ?

Les dragons et la princesse

Il était une fois une jolie princesse qu'un méchant magicien avait enfermée dans un sombre château. Seul un courageux guerrier pourrait la libérer de l'enchantement qui la gardait prisonnière. Mais, pour cela, ce vaillant héros devrait combattre les sept dragons de feu.

Le magicien était très rusé. Pour s'assurer que sa prisonnière ne s'enfuirait pas, il avait dressé ses dragons pour qu'il y en ait toujours un sur le toit du château et que les six autres soient cachés tout autour.

Le jeune prince Guillaume avait entendu parler de la jolie princesse et, un jour, il décida de se mettre en route pour la libérer. Son projet était de séduire la jeune fille, de l'épouser, et de devenir roi à la place du père de la princesse car il avait beaucoup d'ambition.

Seulement, la princesse, elle, ne l'entendait pas de cette oreille. Elle était amoureuse en secret d'un jeune et beau berger. Aussi, chaque fois qu'un prince arrivait au pied du château pour la sauver, la princesse faisait tout son possible pour le faire échouer en attendant que son bien-aimé trouve le moyen de déjouer les sortilèges du magicien.

Aujourd'hui donc, le prince Guillaume arrive devant le château. Avant de défier le grand dragon, il demande à la princesse :
– La malédiction parle de sept dragons mais je n'en vois qu'un ! Où sont passés les autres ?

– Ils sont partis avec le vieux magicien, répond la coquine.
– Ne t'inquiète pas, fanfaronne Guillaume : je les trouverai vite !

« Pourvu que non » se dit la princesse, qui pense toujours à son amoureux.

Et toi, si tu étais Guillaume, saurais-tu voir les six dragons cachés ?

Animaths

Trouve la valeur de chaque animal pour que toutes ces opérations soient justes.

Pour t'aider, un des nombres est déjà décodé.

Labycolor

Trouve le chemin pour traverser ce labyrinthe du départ à l'arrivée en respectant la règle suivante :

tu peux passer d'une case à l'autre, même si elles ne sont pas voisines, seulement si elles sont reliées par une ligne pointillée et si elles contiennent le même dessin ou la même couleur de fond.

Anglo-quiz

Trouve les bonnes réponses aux questions, puis écris les lettres correspondantes dans les cases et tu liras le nom en anglais d'un fruit qui se mange en été.

1. Si je suis la sœur de ta mère, qui suis-je ?
B – Your uncle.
C – Your aunt.
D – Your nephew.

2. Que signifie : "I am angry" ?
F – J'ai faim.
G – Je suis triste.
H – Je suis en colère.

3. Quelle ville américaine se trouve en Californie ?
D – New York.
E – Los Angeles.
F – Atlanta.

4. Comment traduis-tu « Je prends un bain » ?
P – I take a bath.
Q – I take a shower.
R – I have a bath.

5. Généralement, où se trouve "the oven" ?
Q – In the bathroom.
R – In the kitchen.
S – In the bedroom.

6. Laquelle de ces phrases est correcte ?
X – You like grapes, do you ?
Y – You like grapes, don't you ?
Z – You like grapes, are you ?

Au marché

Alex, Marc, Phil, Justine et Iris sont allés ce matin au marché et ont acheté leurs fruits préférés.

Devine le prénom de chacun grâce à ces renseignements :

– Alex a trois fois moins de fruits qu'un des garçons.
– Justine a deux fois moins de fruits qu'Iris.
– Marc et Justine en ont un nombre pair.
– Phil et Iris n'aiment pas les oranges.

Le dernier test

Aujourd'hui, c'est le grand jour pour Mini-006 : la dernière épreuve qu'il doit réussir avant de devenir un véritable espion. Il attend ce grand moment depuis des mois car, après cet ultime test, il recevra son badge et sera chargé de missions hyper dangereuses et très importantes. Cela fait toute une année qu'il suit des cours de code secret, qu'il s'entraîne à divers sports de combat, qu'il apprend à relever des empreintes et à suivre des pistes. Jusque-là, tout s'est bien passé et Mini-006 a toujours obtenu les meilleures notes de son groupe d'apprentis espions.

Et voilà enfin le grand jour ! Son instructeur lui a confié un dossier noir que Mini-006 doit remettre à un correspondant secret. Il sait que d'autres espions veulent s'en emparer et connaissent le lieu du rendez-vous. L'instructeur lui a dit :
– Dès que tu auras repéré l'agent D, envoie-lui ce texto sur son téléphone : « 53 7847 6464006 »
et l'agent D te répondra : « 53 7847 5'24367 3 ».

Mini-006 envoie son texto, reçoit immédiatement la réponse attendue, mais cela ne lui dit pas laquelle des personnes présentes sur la place il doit contacter.

Pour le moment, il observe la place où il doit établir le contact avec l'agent D en se demandant comment le reconnaître.

Pour y parvenir, il se répète les indications que son instructeur lui a données. L'agent D aura un journal, un téléphone portable, une écharpe autour du cou et des lunettes sur le nez.

À qui Mini-006 doit-il remettre le dossier noir et quel est le code utilisé par les espions pour communiquer par texto ?

Message codé

Commence par remplir l'échelle de décodage en inscrivant, sous chaque lettre, le numéro de son rang dans l'alphabet. Ensuite, aide-toi de ce code pour déchiffrer le message.

A	B	C	D	E	F	G	H	I	J	K	L	M	N	O	P	Q	R	S	T	U	V	W	X	Y	Z
1	2	3																							26

10 5   19 1 9 19   4 5 10 1   4 9 18 5   13 15 14

_ _   _ _ _ _   _ _ _ _   _ _ _ _   _ _ _

1 7 5   5 14   1 14 7 12 1 9 19

_ _ _   _ _   _ _ _ _ _ _ _

Charades

Mon premier est l'organisme humain.
Mon deuxième est le résultat de 48 divisé par 24.
Mon troisième est le petit de la vache.
Mon quatrième sert à bloquer un objet.
Mon tout sert à crier, chanter, parler.

Mon premier est une voyelle.
Mon deuxième entoure l'oreiller.
Mon troisième sert à attacher.
Mon tout est la capitale de la Grèce.

Les bonbons

Tom adore les bonbons, mais il en mange beaucoup, beaucoup trop ! Il a décidé de réduire sa consommation.
La première semaine, il en a mangé 72.
La deuxième, il en a supprimé encore et en a mangé 64.
C'était encore beaucoup trop !
Alors il est passé à 56 la semaine suivante et à 48 celle d'après.

Combien de bonbons va-t-il manger dans trois semaines, s'il continue d'en enlever aussi régulièrement ?

Suite logique

Lundi, Alfred a mis un pull bleu, un pantalon noir, des chaussettes mauves et un caleçon rouge.
Mardi, il a mis un pull rouge, un pantalon bleu, des chaussettes noires et un caleçon mauve.

Quelle tenue devra-t-il logiquement porter mercredi ?

Futoshiki

Remplis cette grille pour que les chiffres 1, 2, 3, 4, 5 et 6 soient inscrits une seule fois sur chaque ligne et chaque colonne. Pour t'aider, les signes < (« plus petit que ») et > (« plus grand que ») te renseignent sur les deux chiffres contenus dans les cases voisines.

			>			6		3	<	
3		5		2	>					
						^				
5		2		6					>	
						^				
		6				4	<			2
										^
					>		>			
		v		v						
					<				<	

Rébus

Lis à haute voix ce que tu vois dessiné pour décoder ce rébus qui est le titre d'un film célèbre.

Nature

Aide ce campeur à rejoindre sa tente. À chaque carrefour, quand tu rencontres une question, choisis la bonne réponse et tu seras sur le bon chemin.

Géo-quiz

Trouve les bonnes réponses aux questions, puis écris les lettres correspondantes dans les cases et tu liras le nom d'un phénomène qui secoue la Terre.

1. Quel continent est le plus grand ?

R – L'Afrique.

S – L'Asie.

T – L'Europe.

2. Quel climat domine en Irlande ?

C – Le climat méditerranéen.

D – Le climat continental.

E – Le climat océanique.

3. Dans un climat aride, comment sont les pluies ?

I – Faibles.

J – Nombreuses.

K – Fréquentes.

4. Comment appelle-t-on des personnes qui vivent et travaillent à la campagne ?

R – Des « urbains ».

S – Des « ruraux ».

T – Des « rurbains ».

5. Quelle est la capitale du Japon ?

L – Pékin.

M – Tokyo.

N – Osaka.

6. Quelle céréale est la plus cultivée en Asie ?

E – Le riz.

F – Le blé.

G – Le maïs.

Symax

Sauras-tu remplir entièrement cette grille en respectant les règles suivantes ?

Les grosses lignes sont des axes de symétrie entre deux cases voisines qui doivent donc contenir la même couleur.
Les lignes pointillées sont des axes de symétrie entre deux blocs de neuf cases qui doivent donc contenir les mêmes couleurs disposées symétriquement.
Commence par reporter les couleurs déjà placées puis reporte ensuite celles que tu auras coloriées.

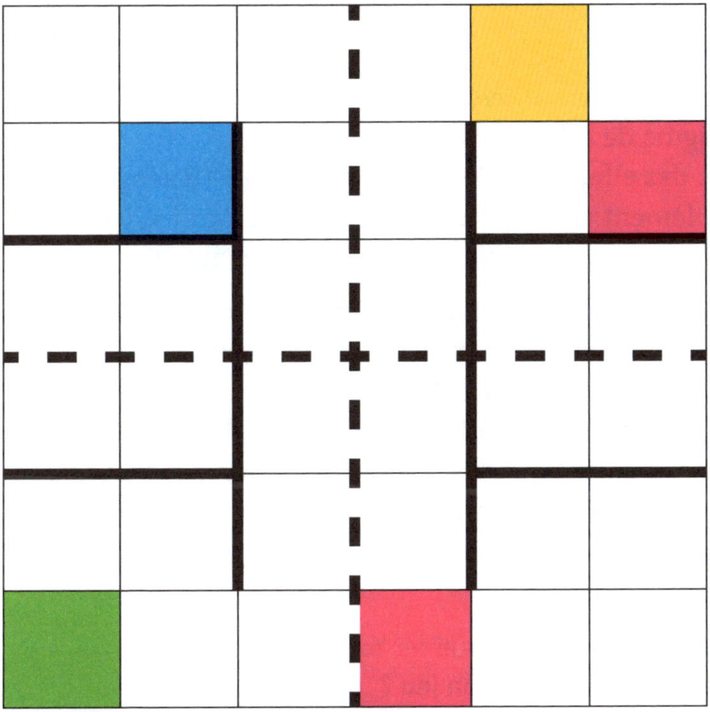

L'elfe et le troll

Yohann est un fan de jeux vidéo.
C'est un super-champion. D'habitude, il est le meilleur et, dans son groupe de copains, c'est toujours lui qui réussit à finir les jeux en premier.

Pour son anniversaire, il a reçu un jeu où un elfe joueur de flûte combat un troll des forêts. Chaque combat se passe de la même façon : le jeu propose une énigme dont la solution est une suite de notes. Le joueur n'a plus qu'à faire jouer cette petite musique à l'elfe pour que le troll disparaisse.

Chaque énigme est différente et, donc, le joueur obtient une réponse cryptée qu'il doit décoder pour connaître les notes à jouer.

Yohann est arrivé au niveau 7 du jeu et doit résoudre une énigme de calcul ainsi rédigée :
« Le roi des elfes possède un trésor qu'il veut partager équitablement entre ses deux fils. Dans son coffre, il compte 31,410 doublons. Combien de doublons chaque fils recevra-t-il ? »

Si Yohann est un super champion en jeux vidéo, il n'est pas aussi bon pour les problèmes de maths ! Il a commencé par poser l'opération pour faire le calcul mais il s'est un peu trompé.
Énervé, il a froissé les feuilles de papier où il avait fait ses calculs. Ensuite, il a décidé d'utiliser sa calculette pour être sûr du résultat : mais il n'est pas plus avancé pour autant car il ne comprend pas comment le résultat qu'il obtient pourrait se transformer en notes de musique.

Et toi, as-tu une idée pour aider Yohann à passer au niveau 8 de son jeu ?

15,705

La Force est avec lui

Pour faire apparaître la silhouette d'un célèbre robot, tout petit mais très malin, suis les indications du dessin codé.

– Sur chaque ligne et chaque colonne, les nombres t'indiquent combien de cases voisines il faut noircir.
– Les groupes de cases noircies doivent être séparés par une ou plusieurs cases blanches. Ainsi, 3-3-3 signifie que tu dois colorier trois groupes de trois cases séparés par des cases blanches.
– Note une croix dans les cases qui doivent rester blanches : cela t'aidera.

	0	0	4 3	1 7	10 3	5 1 1 1	1 3 1 1 1 3	1 3 1 1 5	1 1 1 1 1 1 3	5 1	10 3	1 1 6 1	4 3	0	0
5 1					X										
2 2					■										
7					■										
4 2					■										
11					■										
1 1 1 1					■										
1 5 1 1					■										
3 3					■										
6 2					■										
2 2					■										
9					■										
1 1 1					X										
3 3 3					■										
3 3 1 1					■										
1 1 3 3					■										

Les formes

Trouve combien pèse chacune de ces formes en répondant aux questions.

Que se passe-t-il si tu retires 1 cube bleu de chaque plateau de la balance ?

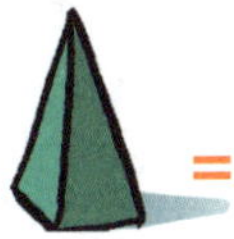 = ...

Combien pèse 1 cube bleu ?

 = ...

Combien pèse 1 pavé rose ?

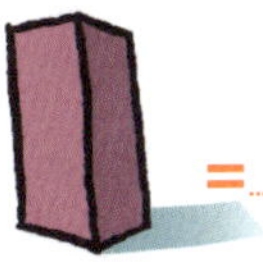 = ...

Animaths

Trouve la valeur (de 0 à 9) de chaque animal pour que toutes ces opérations soient justes.

Pour t'aider, un des nombres est déjà décodé.

Les drapeaux

Pour préparer la fête, deux couturières ont été chargées de confectionner deux sortes de drapeaux.
Tous les drapeaux ont la même taille : ils mesurent 120 cm sur 80 cm.

La première couturière déclare que la surface de tissu jaune est plus grande pour les premiers que pour les seconds drapeaux. La seconde lui répond que les deux surfaces sont égales.

Qui a raison ?

Au voleur !

Quand un nouveau jeu vidéo sort, Killian et ses copains n'ont qu'une envie : vite ! vite ! être les premiers à l'essayer. M. Martin, le vendeur de la boutique de jeux vidéo, le sait bien ; c'est pourquoi il a commandé quinze boîtes de Looiliii. C'est un jeu où des extraterrestres attaquent notre planète et où de vaillants astronautes, dirigés par les mains expertes des joueurs, doivent sauver le monde.

La boutique de M. Martin est d'ailleurs décorée aux couleurs de Looiliii, avec des posters, des affiches et des présentoirs partout.

Killian a cassé sa tirelire car il veut absolument s'acheter ce jeu et le voilà arrivé chez M. Martin avec toutes ses économies. Mais il est très déçu car il a beau regarder tous les rayons : il n'y découvre plus aucune boîte du jeu dont il rêve.

Cela fait un bon moment que Killian fouille partout quand il se décide à demander de l'aide à M. Martin. Celui-ci est très étonné de la question de Killian et il lui dit :
– Il en reste forcément un, j'en suis sûr. J'en ai reçu quinze et j'en ai vendu quatorze jusqu'ici. Cherche bien.
– Je ne le vois pas, répond Killian.
– Alors, c'est que quelqu'un me l'a volé, s'énerve M. Martin.

Et, comme il est certain d'avoir vu la dernière boîte de Looiliii il y a à peine cinq minutes, il décide de fouiller les quatre enfants qui sont dans sa boutique car il soupçonne l'un d'eux d'avoir pris le jeu.

Les enfants protestent, disent qu'ils n'ont rien pris. Ils ouvrent tous leurs sacs et montrent le contenu de leurs poches. Personne n'a caché la dernière boîte de Looiliii !

Comment expliques-tu ce mystère ?

CAISSE
CB

Civi-quiz

Trouve les bonnes réponses aux questions, puis écris les lettres correspondantes dans les cases et tu liras un nom synonyme de *pays*.

1. Comment appelle-t-on celui ou celle qui dirige une commune en France ?
M – Le « député ».
N – Le « maire ».
O – Le « shérif ».

2. En France, par qui le président de la République est-il élu ?
Z – Les maires.
A – Tous les Français majeurs.
B – Les sénateurs.

3. À quel âge peut-on voter en France ?
T – 18 ans.
U – 20 ans.
V – 21 ans.

4. Jusqu'à quel âge doit-on aller à l'école ?
H – 14 ans.
I – 16 ans.
J – 18 ans.

5. Qu'est-ce qu'une école laïque ?
M – Une école religieuse.
N – Une école où les cours sont en anglais.
O – Une école indépendante de toute religion.

6. Combien de langues parles-tu si tu es bilingue ?
M – Une langue.
N – Deux langues.
O – Trois langues.

À l'aéroport

C'est les vacances ! Dom, Olivier, Magali, Véro, Odile et Virginie se retrouvent à l'aéroport.
Devine où chacun a décidé de partir et avec qui (certains préfèrent partir seuls !) grâce à ces renseignements :

– Les garçons ne partent pas dans le même pays.
– Odile et Olivier ne partent pas en Europe.
– Virginie part seule dans un pays où l'on ne parle pas anglais.
– Odile est amoureuse de Dom : ils partent ensemble.
– Olivier va le plus loin.
– Magali part avec une autre fille.

Touché ! Coulé !

Cette grille représente un port où six bateaux sont ancrés. Trouve l'emplacement de chaque bateau en t'aidant des chiffres inscrits autour de la grille ; ils indiquent combien de cases sont occupées par une partie de bateau sur la ligne ou la colonne.

Les bateaux ne se touchent jamais, pas même en diagonale.

	3	2	4	1	3	1
4						
0						
5						
0						
3						
2						

Commence par colorier en bleu les cases des lignes marquées « 0 ». Ensuite, complète la troisième ligne.

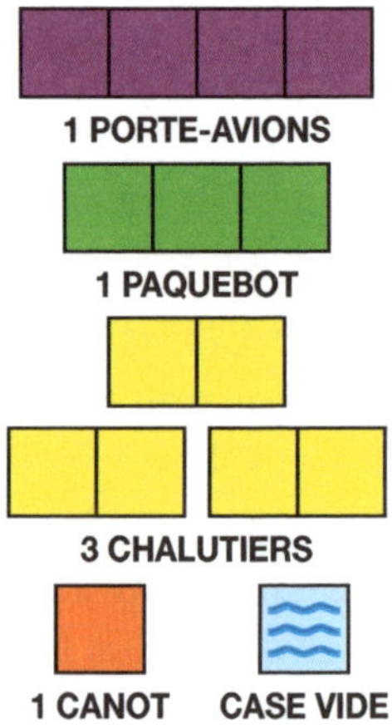

Au restaurant

Trouve sept anomalies qui rendent ce restaurant très étrange !

Charades

Mon premier signifie « très, très court ».
Mon second n'est pas haut.
Mon tout est la capitale du Maroc.

Mon premier est la couleur de la médaille que reçoit le numéro 2 sur le podium.
Mon deuxième est la moitié d'un canari très connu.
Mon troisième se fait avec une corde.
Mon tout est un pays d'Amérique du Sud.

Mon premier interpelle.
Mon deuxième roule avec des chenilles.
Mon troisième n'est pas beaucoup.
Mon tout tient chaud au cou.

Mon premier est une voyelle.
Mon deuxième est un récipient.
Mon troisième recouvre les os.
Mon quatrième est la moitié d'un tambour.
Mon tout est un très gros animal.

Symax

Sauras-tu remplir entièrement cette grille en respectant les règles suivantes ?

Les grosses lignes sont des axes de symétrie entre deux cases voisines qui doivent donc contenir la même couleur.
Les lignes pointillées sont des axes de symétrie entre deux blocs de neuf cases qui doivent donc contenir les mêmes couleurs disposées symétriquement.
Commence par reporter les couleurs déjà placées puis reporte ensuite celles que tu auras coloriées.

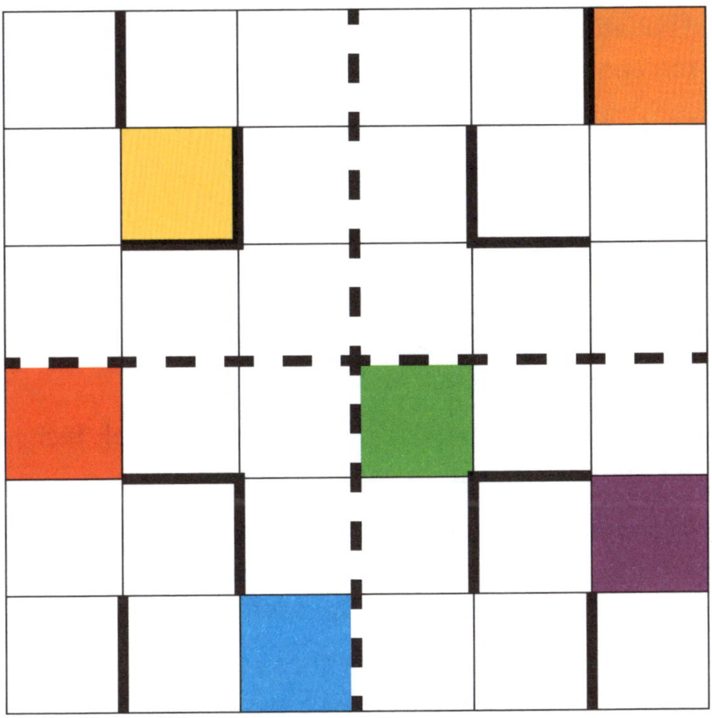

Mercredi après-midi

Oups... Théo n'a pas fait attention à l'heure et voilà que son père rentre du bureau alors qu'il ne l'attendait pas.

C'est un peu ennuyeux parce que, justement, hier soir, Théo a montré son carnet de notes à ses parents et le résultat a été catastrophique... presque aussi catastrophique que ses notes en maths et en français ! La suite ne s'est pas fait attendre : les parents de Théo ont pris leur air des mauvais jours et ont commencé une interminable liste de punitions.

Théo n'a pas tout retenu mais il se souvient qu'il a entendu : « Plus d'Internet pendant deux mois, pas de jeux vidéo tant que tu n'as pas la moyenne en maths, plus d'argent de poche jusqu'au prochain bulletin et tu n'amènes aucun copain à la maison jusqu'à ton anniversaire. »

Il y avait aussi des menaces terribles comme, par exemple : « Tu mangeras des légumes à chaque repas et tu t'occuperas de la vaisselle tous les soirs. »

Pour se remettre de ses émotions, Théo s'est quand même organisé un mercredi après-midi sympathique en profitant de l'absence de ses parents et de son petit frère. La maison pour lui tout seul tout un après-midi : il n'allait pas rater ça...

Oui, mais voilà : son père vient de rentrer et, vu son air fâché, Théo se dit que la soirée ne va pas être de tout repos...

Un seul regard dans sa chambre et Théo s'aperçoit qu'il y a deux détails qui vont permettre à son père de se rendre compte qu'une des punitions, au moins, n'a pas été respectée.

Vois-tu les deux détails qui accusent Théo et permettent à son père de savoir laquelle des nouvelles règles a été bafouée ?

16:00

Animaths

Trouve la valeur de chaque animal pour que cette addition soit juste. Pour t'aider, deux chiffres sont déjà décodés.

Planisphère

Aide ce globe-trotter à retrouver sa carte.
À chaque carrefour, quand tu rencontres une question, choisis la bonne réponse et tu seras sur le bon chemin.

Futoshiki

Remplis cette grille pour que les chiffres 1, 2, 3, 4, 5 et 6 soient inscrits une seule fois sur chaque ligne et chaque colonne. Pour t'aider, les signes < (« plus petit que ») et > (« plus grand que ») te renseignent sur les deux chiffres contenus dans les cases voisines.

	<			3				1		6
		3						2		
∨										
	>	4						6		1
		2				1				
2				5			>	4		
									>	

Rébus

Lis à haute voix ce que tu vois dessiné pour décoder ce rébus qui est le titre d'un film célèbre.

Le gourmand !

Paul est très gourmand. Il mange 40 g de chocolat par jour quand il ne joue pas au foot et 60 g quand il joue au foot. En huit jours, il s'est entraîné un jour sur deux. Combien de tablettes de 100 g a-t-il avalées pendant cette période ?

Suite logique

Olivia a décidé de visiter Paris en suivant un système de logique bien à elle. Le premier jour, elle a visité l'Arc de Triomphe puis Beaubourg puis les Champs-Élysées. Le deuxième jour, elle a admiré Bercy, Montmartre et le Pont-Neuf. Le troisième jour, elle a vu l'Opéra, le Quartier latin et la tour Eiffel.

Que lui conseilles-tu pour son dernier jour ?

L'HÔTEL DE VILLE, SAINT-GERMAIN ET LE TROCADÉRO OU LE MUSÉE DU LOUVRE, LE CIMETIÈRE DU PÈRE-LACHAISE ET LES INVALIDES ?

Le farceur

Noah, Nathan, Louis, Mattéo et Gabriel ont passé l'après-midi à la piscine. Ils se sont bien amusés.

Comme toujours, Mattéo, qui est le plus grand des cinq copains, a fait son malin en réussissant des pirouettes spectaculaires depuis le plus haut plongeoir.

Noah, qui est le plus petit de la bande, s'est contenté de faire des allers et retours dans le grand bain.

Nathan, le gros, et Gabriel, le mince, les deux garçons bruns de l'équipe, ont organisé une partie de water-polo.

Louis, comme à son habitude, n'a pas arrêté de faire des farces à tout le monde. Le pauvre Germain, qui est encore dans la piscine, n'a toujours pas retrouvé ses lunettes, par exemple !

Puis, vers 16 h 30, les cinq copains ont décidé de rentrer. Louis est sorti le premier de l'eau et s'est dépêché pour arriver le premier dans les vestiaires. Il s'est séché et rhabillé le plus vite possible. Il a ensuite mélangé les sweat-shirts des quatre autres garçons puis il a dévissé l'ampoule électrique pour faire une farce à ses copains.

Résultat : les copains de Louis ont dû s'habiller dans le noir et les voilà qui quittent la piscine, bizarrement accoutrés.

En relisant la description des garçons et en t'aidant du dessin, peux-tu deviner le prénom de chacun des garçons ?

Animaths

Trouve la valeur de chaque animal pour que toutes ces opérations soient justes.

Pour t'aider, deux des nombres sont déjà décodés.

Au balcon

Pendant que Ruddi regarde par sa fenêtre, trouve sept anomalies dans cette scène.

Croquette

Pour faire apparaître la silhouette de mon ami Croquette, suis les indications du dessin codé.

– Sur chaque ligne et chaque colonne, les nombres t'indiquent combien de cases voisines il faut noircir.

– Les groupes de cases noircies doivent être séparés par une ou plusieurs cases blanches. Ainsi, 3-3-3 signifie que tu dois colorier trois groupes de trois cases séparés par des cases blanches.

– Note une croix dans les cases qui doivent rester blanches : cela t'aidera.

	1	2	2	2	3 1	6 2	3 3 1	6 4	2 9	6 4	5 3	5 2	1 1	5	3
1 1															
1 2															
2 3															
7															
7															
1 1 2															
1 4															
6															
5															
1															
1 2															
3 2															
4 2															
5 5 2															
3 8	X	■	■	■	X	X									X

Shopping

Éric veut acheter un jean qui vaut 56 €. Il est tout content car les jeans sont soldés à – 15 %. S'il donne 100 €, combien le vendeur doit-il lui rendre de monnaie ?

Suite logique

John l'explorateur a rapporté de ses voyages de magnifiques photos. Pour les classer, il a adopté un système très logique : dans le premier album, il a placé des photos d'escargots, dans le deuxième des photos d'émeus, dans le troisième des photos d'éléphants, et dans le quatrième des photos d'éphémères. Quel animal sera en vedette dans le sixième album de photos : l'élan ? l'épeire ? ou l'épervier ?

Naturo-quiz

Trouve les bonnes réponses aux questions,
puis écris les lettres correspondantes dans les cases
et tu liras le nom d'un reptile.

1. À quelle espèce appartiennent les crabes ?
U – Aux mammifères.
V – Aux crustacés.
W – Aux arachnides.

2. De quoi parle-t-on quand on parle de la faune d'un pays ?
I – De ses animaux.
J – De ses végétaux.
K – De ses montagnes.

3. Comment qualifie-t-on un escargot ?
N – C'est un « vertébré ».
O – C'est un « insecte ».
P – C'est un « invertébré ».

4. Comment appelle-t-on un groupe d'abeilles ?
E – Un « essaim ».
F – Une « colonie ».
G – Un « fourreau ».

5. Quel animal stridule ?
Q – La fourmi.
R – Le criquet.
S – La girafe.

6. Qui fournit l'énergie éolienne ?
C – Le Soleil.
D – La mer.
E – Le vent.

Labycolor

Trouve le chemin pour traverser ce labyrinthe du départ à l'arrivée en respectant la règle suivante :

tu peux passer d'une case à l'autre, même si elles ne sont pas voisines, seulement si elles sont reliées par une ligne pointillée et si elles contiennent le même dessin ou la même couleur de fond.

L'alibi

Ce samedi matin, le commissaire Laloupe et son fidèle brigadier sont de mauvaise humeur. Le brigadier avait prévu de faire une grande promenade en famille et d'organiser un pique-nique au bord du lac.

Mais le commissaire lui dit que l'enquête qu'il mène est si importante qu'il n'est pas possible de lâcher la piste du redoutable cambrioleur qui a attaqué la plus grande banque de la ville.

– Oui, reconnaît le brigadier, mais quand même, nous sommes samedi et mes enfants comptent sur moi.
– Tu les emmèneras au parc une autre fois, rétorque le commissaire.

En grommelant tout le long du chemin, le brigadier suit le commissaire Laloupe qui lui rappelle, en marchant, les alibis des deux suspects.
Antoine prétend qu'il n'a pas pu commettre le vol parce qu'il a un alibi : hier soir, à l'heure du cambriolage, il dînait avec des amis à la pizzeria *Expresso*. Clément, lui, assure qu'il regardait un film à la télévision au moment fatidique et que ses voisins l'ont sans doute entendu, car il met toujours le son très fort parce qu'il est un peu sourd.

À peine arrivés devant la pizzeria, les deux hommes se regardent et le commissaire Laloupe dit en riant au brigadier :
– Eh bien, je crois que tu vas pouvoir arriver à temps pour ton pique-nique !

Pourquoi le brigadier va-t-il finalement pouvoir profiter de son week-end tranquillement ?

PIZZERIA EXPRESSO
2 PIZZAS POUR LE PRIX D'1 LE JEUDI !
LIVRÉ EN 20 MIN
MENU 15€ PIZZA + PANINI
FERMÉ LE VENDREDI

Touché ! Coulé !

Cette grille représente un port où six bateaux sont ancrés. Trouve l'emplacement de chaque bateau en t'aidant des chiffres inscrits autour de la grille ; ils indiquent combien de cases sont occupées par une partie de bateau sur la ligne ou la colonne.

Les bateaux ne se touchent jamais, pas même en diagonale.

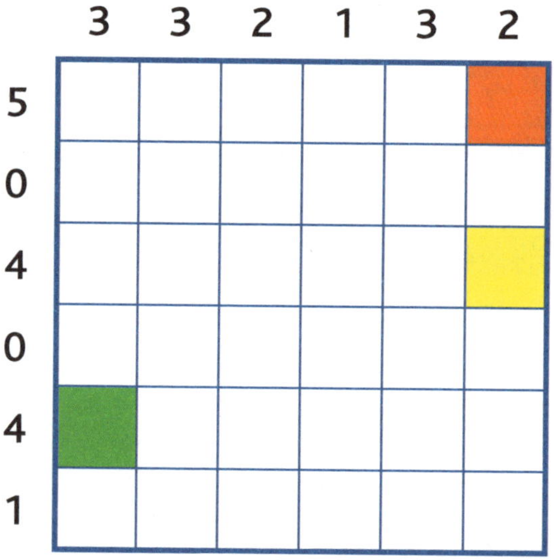

Commence par colorier en bleu les cases des lignes marquées « 0 » et celles qui entourent le canot. Ensuite, complète la dernière colonne.

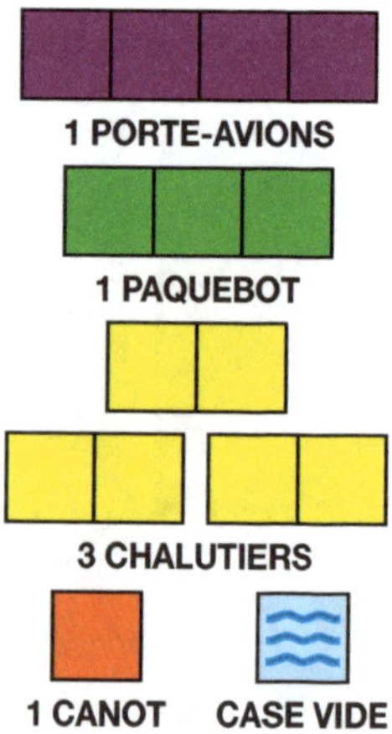

Les horloges

Trouve combien pèse chacune de ces horloges en répondant aux questions.

Combien pèse cette horloge ?

 = ...

Combien pèse ce réveil ?

 = ...

Et combien pèse cette pendule ?

 = ...

Animaths

Trouve la valeur de chaque animal pour que cette addition soit juste. Pour t'aider, un chiffre est déjà décodé.

Symax

Sauras-tu remplir entièrement cette grille en respectant les règles suivantes ?

Les grosses lignes sont des axes de symétrie entre deux cases voisines qui doivent donc contenir la même couleur.
Les lignes pointillées sont des axes de symétrie entre deux blocs de neuf cases qui doivent donc contenir les mêmes couleurs disposées symétriquement.
Commence par reporter les couleurs déjà placées puis reporte ensuite celles que tu auras coloriées.

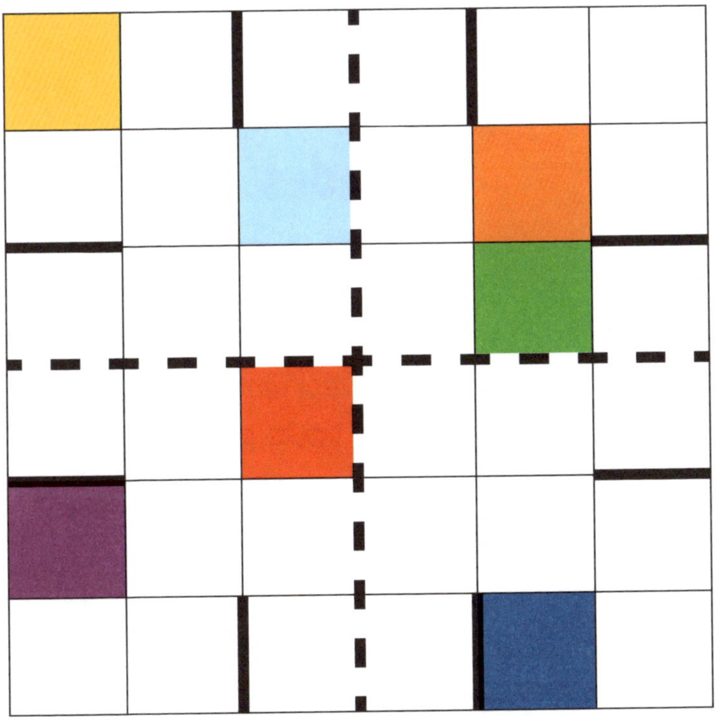

Message codé

Commence par remplir l'échelle de décodage en inscrivant, sous chaque lettre, celle qui se trouve deux places avant dans l'alphabet. Ensuite, aide-toi de ce code pour déchiffrer le message.

A	B	C	D	E	F	G	H	I	J	K	L	M	N	O	P	Q	R	S	T	U	V	W	X	Y	Z
Y	Z	A																							X

L G   X C K U   R C U U G T   G P

_ _   _ _ _ _   _ _ _ _ _ _   _ _

E K P S W K G O G   U C P U   R T Q D N G O G

_ _ _ _ _ _ _ _ _   _ _ _ _   _ _ _ _ _ _ _ _

Charades

Mon premier n'est pas pair.
Mon deuxième enfile un vêtement.
Mon troisième est une voyelle.
Mon quatrième est une couleur.
Mon tout protège de la pluie.

Mon premier restitue.
On lance mon deuxième pour jouer.
Mon troisième est un pronom personnel.
Mon tout est une rencontre.

Des billes et des calots

1 calot bleu très rare vaut 12 billes vertes. 1 bille verte vaut 7 billes jaunes. 1 bille jaune vaut 2 dizaines de mini-billes rouges.

Combien de mini-billes rouges vaut le calot ?

Suite logique

Ronan a décidé d'aider son tonton Ewan le cuisinier
à ranger son étagère à épices.
Avec son système bien à lui, il a commencé ainsi :

PAPRIKA DE HONGRIE – PIMENT DE CAYENNE -
SAUCE WORCESTER – CLOU DE GIROFLE – RAIFORT MOULU –
THYM SAUVAGE – PIMENT DOUX – CARDAMOME –
CANNELLE – BASILIC – MENTHE – CHILI

Pioche deux autres épices pour terminer la suite logique commencée par Ronan : origan, sel, laurier, anis, romarin, safran, vanille.

Animaths

Trouve la valeur de chaque animal pour que cette addition soit juste. Pour t'aider, deux chiffres sont déjà décodés.

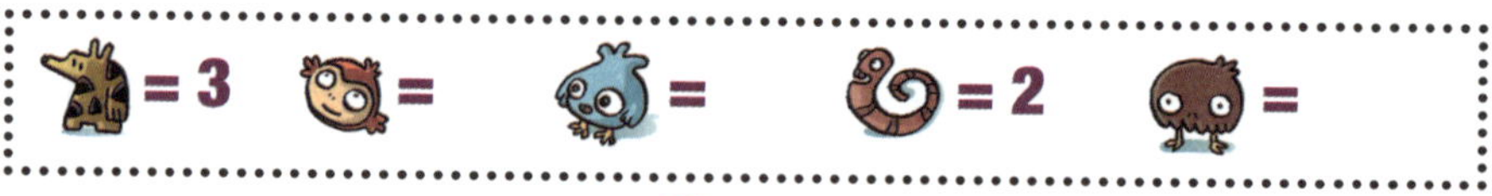

Labycolor

Trouve le chemin pour traverser ce labyrinthe du départ à l'arrivée en respectant la règle suivante :

tu peux passer d'une case à l'autre, même si elles ne sont pas voisines, seulement si elles sont reliées par une ligne pointillée et si elles contiennent le même dessin ou la même couleur de fond.

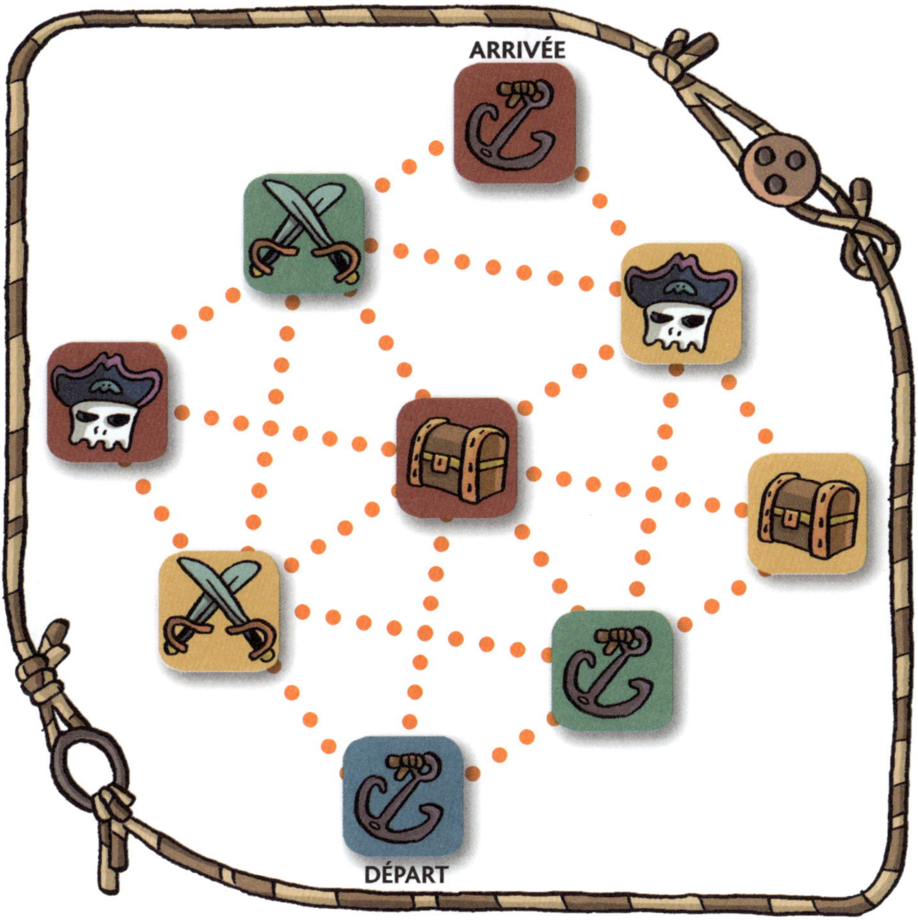

Charades

Mon premier est une lettre de l'alphabet.
Mon deuxième est une consonne.
Mon troisième est une note de musique.
Mon quatrième est supérieur à 1.
Mon tout est un sport où il vaut mieux ne pas avoir le vertige.

Mon premier est sur le calendrier.
Mon deuxième n'est pas vrai.
Mon troisième abrite des œufs.
Mon tout est un morceau joué par plusieurs instruments.

Mon premier est une voyelle.
Mon deuxième souffle parfois fort.
Mon troisième est un pronom personnel sujet.
Mon quatrième pousse les pieds dans l'eau.
Mon cinquième est une conjonction de coordination.
Mon tout n'a peur de rien.

Mon premier se pose sous les sabots des chevaux.
Mon deuxième est une lettre de l'alphabet.
Le déjeuner ou le dîner sont mon troisième.
Mon quatrième est une consonne.
Mon tout efface les plis du pantalon.

page 5
Au marché
Sur la première balance, si tu retires les 2 poires, tu trouves que :
2 tomates = 200 g.
Donc 1 tomate = 100 g.
Sur la deuxième balance, si tu retires les 2 melons, tu trouves que :
3 poires = 600 g.
Donc 1 poire = 200 g.
Sur la troisième balance,
1 melon + 1 poire + 1 tomate = 900 g.
Et comme 1 poire + 1 tomate =
200 g + 100 g = 300 g,
tu trouves que :
1 melon + 300 g = 900 g.
Tu en déduis que :
1 melon = 900 g – 300 g = 600 g.

page 6
La petite souris
Sur l'image, on voit clairement qu'Émilie est droitière alors que sa maman est gauchère. Quand Sandrine utilise l'ordinateur, elle déplace donc la souris avec sa main gauche. D'ailleurs, on voit que le tapis de souris est posé sur la gauche du bureau. Émilie, elle, a posé la souris à droite de l'ordinateur pour s'en servir plus commodément et elle a oublié de la reposer à gauche – ce que sa maman a remarqué assez vite.

page 8
Animaths
 = 2  = 3  = 6
 = 1  = 9  = 7
 = 5  = 4  = 8

page 9
À la plage
A – Anne ; B – Charlotte ; C – Élise ;
D – Julie ; E – Elsa ; F – Lydie ; G – Liv.

page 10
Futoshiki
6	2	1	3	5 >	4
4	3	2	6	1	5
3	1	4	5	2	6
2 <	4	5	1	6	3
1	5	6	4	3	2
5	6	3	2 <	4	1

Rébus
Harry Potter à l'école des sorciers
(A, riz, pot, Terre, allée, col, dé, S'or, scie, haie)

page 11
Historique

page 12
Le skateboard
Johann a essayé de faire une figure trop compliquée pour lui ! En plus, il n'avait pas son casque, et non seulement il s'est égratigné les genoux et les joues, comme tu le vois sur le dessin, mais en plus c'est lui qui a éraflé le skateboard de Simon. Si Olivia n'a pas remarqué la trace, c'est parce qu'elle ne portait pas ses lunettes de vue quand elle l'a essayé à son tour. Elle dit qu'elle les a cassées et on les voit qui dépassent de son sac.

page 14
Allô ! Allô !
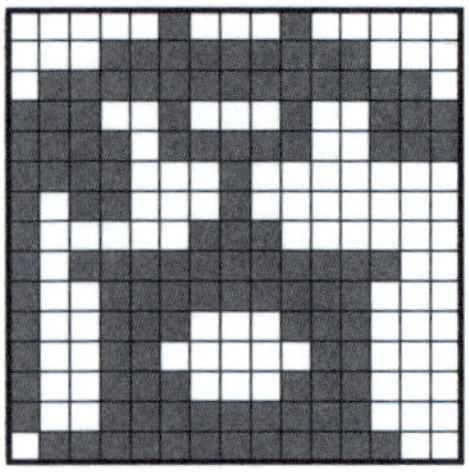

page 15
La classe

page 16
Message codé
Dix pour cent de deux cents est égal à vingt.

Charades
Petit-déjeuner (peu, Ti, dé, je, nez).
Pamplemousse (pan, pleut, mousse).

page 17
La partie de cartes

A – Tom ; B – Célia ; C – Adrien ; D – Kevin ; E – Zoé.

page 18
Labycolor
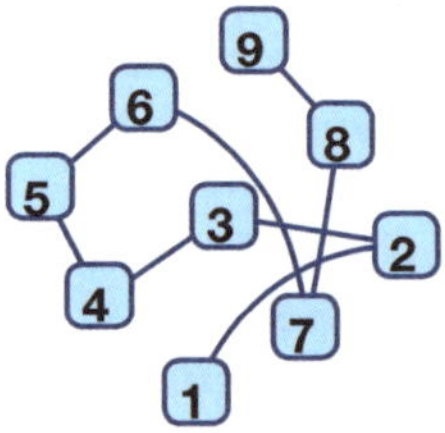

page 19
En construction

page 20
Le trésor de Barbe-Rouge

Barbe-Rouge s'est souvenu que, lorsqu'il a quitté la plage, la marée était haute et que l'eau arrivait presque jusqu'au coffre. Pendant que les pirates exploraient l'île, la mer est redescendue et elle est maintenant loin du coffre. Pendant qu'elle était haute, un voleur est venu en marchant dans l'eau, a pris le contenu du coffre et est reparti. Maintenant que la marée est basse, ses traces ne sont pas visibles sur le sable mouillé. Peut-être Barbe-Rouge devrait-il interroger le pirate qui rame sur le canot ?

page 22
Message codé

Je me sers d'un compas pour tracer un cercle.

Charades

Confidentiel (confit, dents, ciel).
Espion (S, pion).

page 23
La rentrée

Il y a 12 filles dans la classe de Mme Pic. Si la classe compte 36 élèves et que les filles sont deux fois moins nombreuses que les garçons, c'est qu'elles représentent un tiers du nombre total d'élèves. Les garçons, eux, qui sont deux fois plus nombreux, représentent deux tiers du total.

Suite logique

Le nombre suivant est 74.
En effet, chaque nombre est égal à la somme des deux nombres qui le précèdent.
6 + 2 = 8 ; 2 + 8 = 10 ; 8 + 10 = 18 ;
10 + 18 = 28 ; 18 + 28 = 46 ;
28 + 46 = 74.

page 24
Touché ! Coulé !

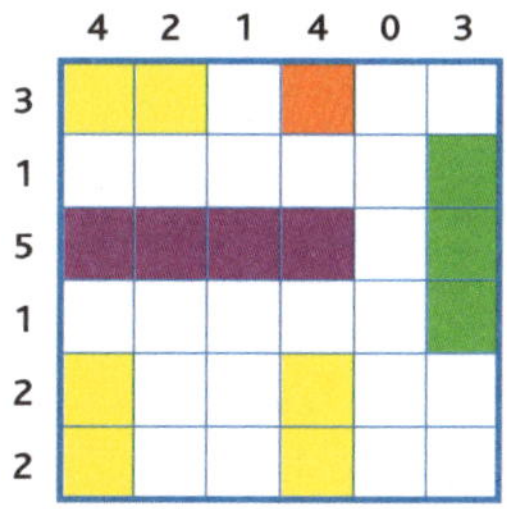

page 25
Anniversaires

Rose a 15 ans et Émilie 50 ans.
En effet, si l'on nomme R l'âge de Rose et E l'âge d'Émilie, on peut écrire :
65 = R + E. Et l'on sait que E = R + 35.
Donc 65 = R + R + 35
ou R + R = 65 – 35 = 30 ;
R = 15 et E = 50.

Les clichés de vacances

Charlie recevra la dernière photo un samedi.

page 26

Poulet volé

Puisque Rex n'a pas pu se faufiler par la porte-fenêtre entrebâillée, ce n'est pas lui le voleur. Seul Minou, le petit chat, a pu le faire. Carla imagine donc que le chat a volé le poulet et l'a emporté dans le jardin. Sans doute en a-t-il croqué un morceau avant de rentrer dans la maison et de se coucher pour digérer. L'as-tu vu, bien caché derrière le panier de Poppin ?

page 28

Futoshiki

4 >	3	2	5	6	1
5 >	2	1	4 >	3	6
6	4 <	5	1	2 <	3
3	5 >	4	6	1	2
2	1	6	3	5	4
1	6	3 >	2	4	5

Rébus

Kirikou et les Bêtes sauvages
(Ki, riz, cou, haie, lait, baies, T'œufs, seau, VA, jeux)

page 29

C'est la course !

A – Hugo ; B – Sam ; C – Jonathan ; D – Gaston ; E – Mattias ; F – Alfred ; G – David.

page 30

Animaths

page 31

Symax

page 32

Charades

Fantastique (faon, tasse, tique).
Formule (fort, mule).
Bavardage (bas, Var, *da*, jeu).

page 33

Le trésor caché

Le trésor se situe entre les deux palmiers. Pour le trouver, il te suffit de prendre un compas et de tracer deux cercles.
Le premier cercle a pour centre le pied de l'arbre mort et pour rayon 3,5 cm (7 lieues). Le second cercle a pour centre le pied de la tour écroulée et pour rayon 5 cm (10 lieues).

Ces deux cercles se croisent en deux endroits : entre les palmiers au sud et au pied des montagnes du nord. Puisque le trésor se trouve au sud de la rivière, tu sais que tu dois creuser au pied des palmiers.

page 34
Bon anniversaire !

La preuve de la tricherie de Kevin se trouve sur la première et la quatrième photo.
Sur la quatrième, on voit que le pion bleu et le pion vert n'ont pas bougé. Le pion marron, lui, a avancé de sept cases. Or le dé n'a que six cases. Kevin a donc triché en lui faisant parcourir une case de trop.

page 36
Animaths

9 626 + 9 166 = 18 792

page 37
À la plage

page 38
Le bolide

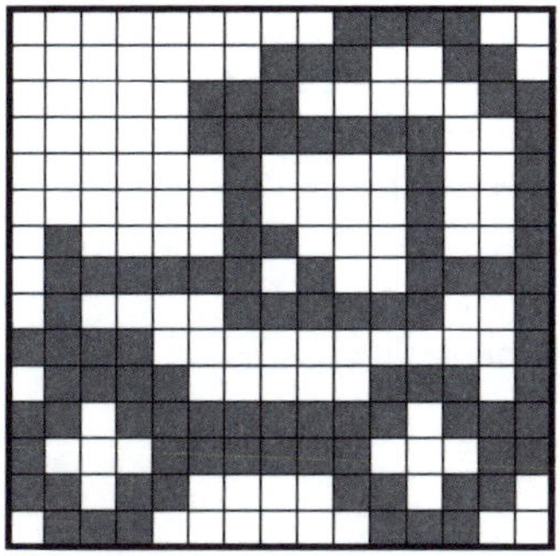

page 39
Les ballons

Sur la première balance, 8 ballons violets pèsent autant que 4 ballons rouges. Tu en déduis que 2 ballons violets pèsent autant que 1 rouge.
Sur la deuxième balance, tu peux remplacer les 2 ballons rouges par 4 violets. Tu peux donc en déduire que 9 ballons violets (les 5 qui y sont déjà plus les 4 qui remplacent les 2 ballons rouges) pèsent 900 g.
Donc 1 ballon violet pèse 100 g et 1 rouge 200 g.
Sur la troisième balance, le plateau de gauche pèse 1 000 g (les 5 ballons rouges) + 300 g (les 3 ballons violets) ; donc 1 300 g au total.
Le plateau de droite doit donc peser la même chose. Donc 4 ballons bleus + 1 ballon rouge + 1 ballon violet pèsent 1 300 g. Tu en déduis que 4 ballons bleus pèsent 1 300 g – 100 g (1 ballon violet) – 200 g (1 ballon rouge). Donc, 4 ballons bleus pèsent 1 000 g et 1 seul 250 g.

page 40

J'étais pas là !

Antoine n'est pas un menteur très habile ! Comment espère-t-il faire croire aux enquêteurs qu'il arrive à peine chez lui alors qu'on voit, par la fenêtre de la cuisine, une casserole qui chauffe et de la pâtée dans la gamelle du chat ?

page 42

Touché ! Coulé !

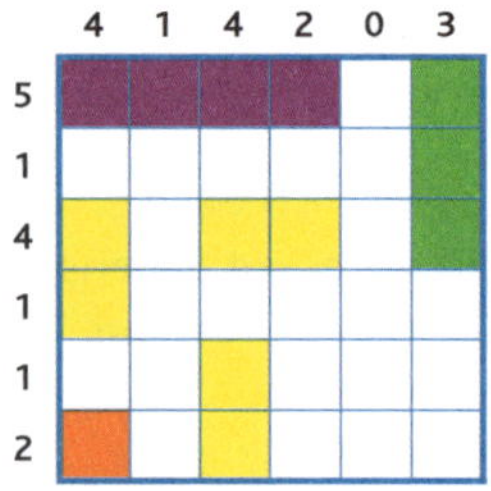

page 43

La tombola

Lola : 524 ; Tim : 2 620 ; Julie : 12 321 ; Pablo : 106 207 ; Nat : 1 052 296.

page 44

Histo-quiz

NOMADE

page 45

Labycolor

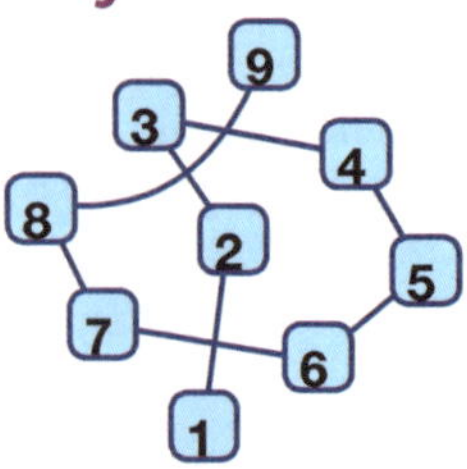

page 46

Animaths

2 963 + 2 633 = 5 596

page 47

Symax

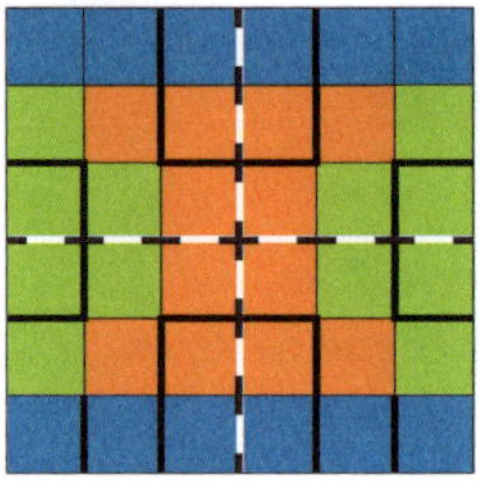

page 48

Le verger de papy

Sur la photo qu'on voit sur le mur, on constate que l'arbre planté pour l'anniversaire du père de Théo est de la même espèce que ses voisins et qu'il est beaucoup plus petit que celui qui se trouve à sa droite. Cependant, aujourd'hui, il le dépasse ! Le père de Théo suspecte donc papy d'avoir remplacé l'arbre planté le jour de son anniversaire par un autre déjà beaucoup plus haut. Peut-être parce que le premier était mort ?

page 50

Touché ! Coulé !

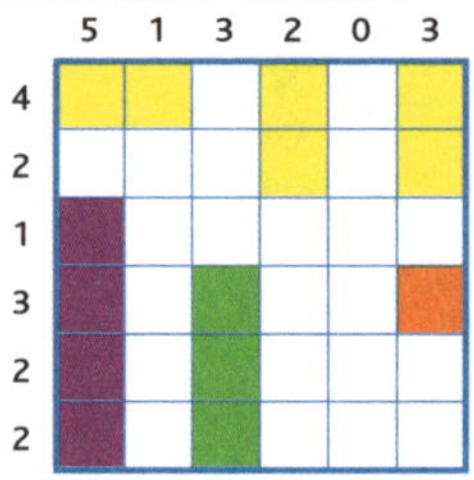

page 51
Au fast-food
A – Clément ; B – Katia ; C – Chloé ;
D – Manon ; E – Édouard.

page 52
Futoshiki

5	3	6 >	1	4	2
4	6	1	3	2	5
6	5	4	2	1	3
3	4	2	6 >	5	1
1	2	5 >	4	3	6
2 >	1 <	3	5 <	6	4

Rébus
Le Retour de la Momie
(L'œufs, R'œufs, tour, deux, lame, eau, mi)

page 53
Calculette

page 54
Drôle de voleur !
Le commissaire a remarqué que, parmi les quatre clowns juchés sur la camionnette, trois portent des pantalons colorés et des grandes chaussures et le quatrième un jean et des baskets. Il se dit que ce déguisement incomplet pourrait bien cacher Tommy.

page 56
Les flacons
Sur la première balance, si tu retires 1 flacon jaune et 1 flacon bleu de chaque côté, tu vois que 2 flacons bleus pèsent 250 g.
Donc 1 flacon bleu = 125 g.
Sur la deuxième balance, si tu retires 1 flacon rouge et 1 flacon bleu de chaque côté, tu vois que 2 flacons jaunes + 2 flacons bleus = 600 g.
Donc 2 flacons jaunes + 250 g = 600 g et 2 flacons jaunes = 350 g et 1 flacon jaune = 175 g.
Sur la troisième balance, 5 flacons rouges pèsent autant que 2 flacons jaunes (350 g) + 1 flacon bleu (125 g) + 100 g = 575 g et 1 flacon rouge = 115 g.

page 57
Les gladiateurs

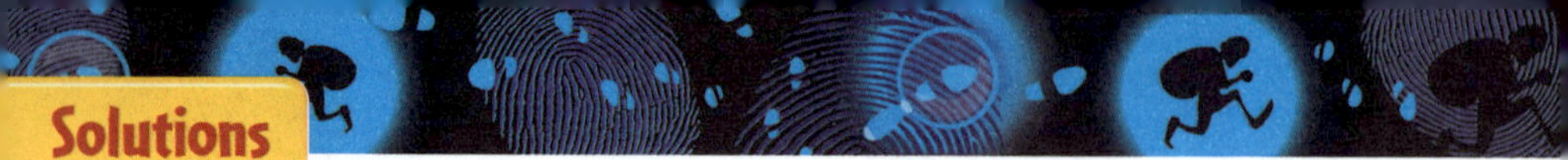

page 58
Quelle sobriété !

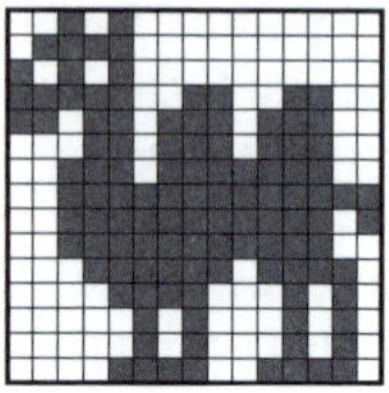

page 59
Au cirque
2 h = 120 min.
120 min – 20 min = 100 min.
100 : 2 = 50 min.
Chaque partie dure donc 50 min.
La première partie se termine
donc à 15 h 20 (14 h 30 + 50 min).

À la goutte près…
300 mL × 4 jours = 1 200 mL
1 200 + 400 mL = 1 600 mL d'eau
en tout, soit 1,6 L.

page 60
Un gâteau au goûter !
Elle mangera son gâteau à 16 h 08.

Suite logique
Chaque horloge indique 90 minutes
de plus que la précédente.
L'horloge suivante devra
donc indiquer 12 heures.

page 61
Les poissons rouges
Si le bassin a quatre côtés égaux,
il ne peut avoir la forme
ni d'un rectangle ni d'un trapèze.
C'est donc un losange.

page 62
Les dragons et la princesse

page 64
Animaths

page 65
Labycolor

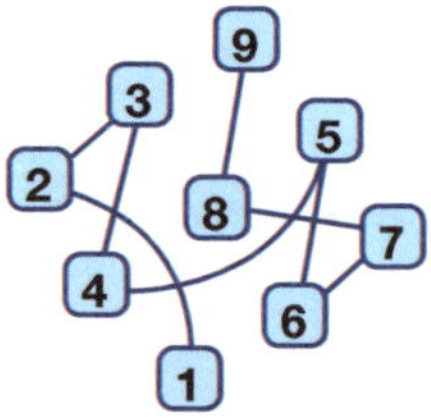

page 66
Anglo-quiz
CHERRY

page 67
Au marché
Alex : 3 pommes ; Phil : 9 poires ;
Justine : 6 oranges ;
Marc : 14 noisettes ; Iris : 12 prunes.

page 68
Le dernier test
Le contact de Mini-006 est la dame à chignon assise sous l'arbre.
Le code utilisé par les espions est très simple. Chaque lettre du message est remplacée par le chiffre du bouton du téléphone sur lequel cette lettre est inscrite.
Les messages signifient donc :
« Je suis Mini-006 » et
« Je suis l'agent D ».

page 70
Message codé
Je sais déjà dire mon âge en anglais.

Charades
Cordes vocales (corps, 2, veau, cale).
Athènes (A, taie, nœud).

page 71
Les bonbons
Tom utilise la table de 8 pour compter. Chaque semaine, il a supprimé 8 bonbons.
Dans trois semaines, il ne mangera plus que 24 bonbons.

Suite logique
Mercredi, Alfred portera un pull mauve, un pantalon rouge, des chaussettes bleues et un caleçon noir. En effet, l'ordre des couleurs reste le même, mais est décalé d'un vêtement.

page 72
Futoshiki

2		4	>	1		6		3	<	5
3		5		2	>	1		6		4
						∧				
5		2		6		3		4	>	1
						∧				
1		6		3		4	<	5		2
										∧
4		3		5	>	2	>	1		6
		∨		∨						
6		1		4	<	5		2	<	3

Rébus
Pirate des Caraïbes
(pis, rat, TE, dé, car, rat, I, bœufs)

page 73
Nature

page 74
Géo-quiz
SÉISME

page 75
Symax

page 76
L'elfe et le troll
Si tu regardes sur l'écran de la calculette, tu vois que le résultat de l'opération donne 15,705.
Il te suffit maintenant de retourner ton livre et, à l'envers, tu liras, SOL,SI.

page 78
La Force est avec lui
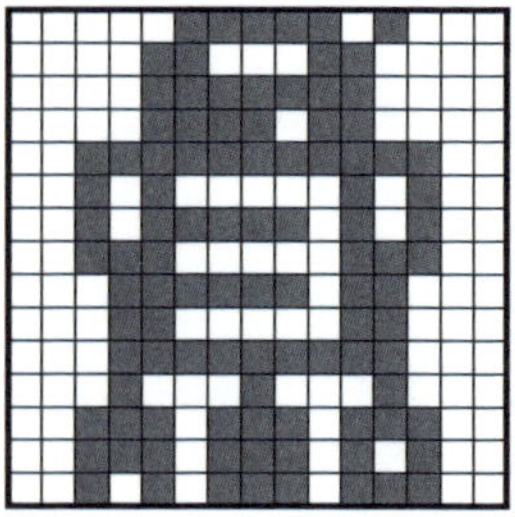

page 79
Les formes
Sur la première balance, si tu retires 1 cube bleu de chaque côté, tu vois que 4 pyramides vertes pèsent 300 g.
Donc 1 pyramide verte = 75 g.
Sur la deuxième balance, si tu retires 1 cube bleu de chaque côté, tu vois que 2 cubes bleus plus 100 g pèsent autant que 2 pyramides vertes.
Donc 2 cubes bleus + 100 g = 150 g, donc 2 cubes bleus = 50 g et 1 cube bleu = 25 g.
Sur la troisième balance, si tu retires 4 cubes bleus, 1 pavé rose et 1 pyramide verte de chaque côté, tu vois que 2 pavés roses pèsent 200 g.
Donc 1 pavé rose pèse 100 g.

page 80
Animaths

page 81
Les drapeaux
Les deux drapeaux ont la même surface totale. La surface des deux triangles reste la même, donc la surface restante est identique quelle que soit la forme de la zone jaune.

page 82
Au voleur !
Personne n'a volé le jeu et Killian va pouvoir l'acheter. La boîte n'a pas été dérobée : elle a seulement été mal rangée par un client qui l'avait regardée puis qui l'a reposée.
Looiliii est le seul jeu, dans la boutique de M. Martin, qui soit de couleur rose.
Si tu regardes bien, tu le vois, posé à l'horizontale sur l'étagère, au centre de la boutique.

page 84
Civi-quiz
NATION

page 85
À l'aéroport
Dom et Odile partent aux États-Unis, Magali et Véro en Angleterre, Virginie en Espagne, Olivier en Australie.

page 86
Touché ! Coulé !

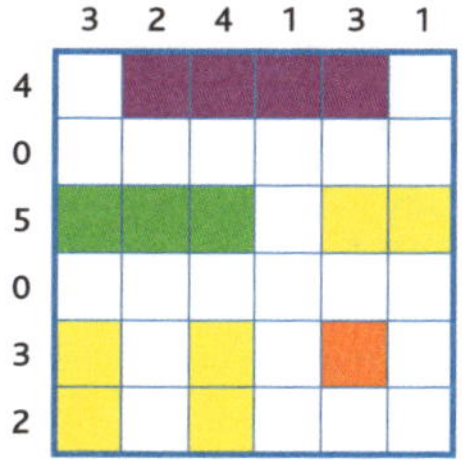

page 87
Au restaurant

page 88
Charades

Rabat (ras, bas).
Argentine (argent, Ti, nœud).
Écharpe (hé, char, peu).
Hippopotame (i, pot, peau, tam).

page 89
Symax

page 90
Mercredi après-midi

Dès que le père de Théo est entré dans la chambre de son fils, il a vu deux verres de soda sur le bureau et deux paires de chaussures près du lit. Comme elles ne sont pas de la même taille, il est certain que le second verre et la seconde paire de chaussures appartiennent à un copain que Théo a invité malgré l'interdiction qui lui avait été signifiée.

page 92
Animaths

6 521 + 6 124 = 12 645

page 93
Planisphère

page 94
Futoshiki

4	<	5		3		2		1		6
6		3		1		4		2		5
∨										
5	>	4		2		3		6		1
3		2		6		1		5		4
2		1		5		6	>	4		3
1		6		4		5		3	>	2

Rébus

La Guerre des Étoiles – Le Retour du Jedi
(la, gué, R'œufs, dé, Z'étoile, L'œufs, R'œufs, tour, DU, geai, D'ail)

page 95

Le gourmand !

4 tablettes. 40 g × 4 = 160 g et 60 g × 4 = 240 g, soit 400 g et donc 4 tablettes de 100 g.

Suite logique

Chaque jour, Olivia a visité Paris en suivant l'ordre alphabétique. Le quatrième jour, tu peux donc lui conseiller de visiter l'Hôtel de Ville, Saint-Germain et le Trocadéro ou alors de changer son classement et de faire le cimetière du Père-Lachaise, les Invalides et, en dernier, le musée du Louvre.

page 96

Le farceur

De gauche à droite, tu as reconnu :
– Louis, le farceur qui porte un sweat-shirt à sa taille.
– Le gros Nathan, qui porte le sweat trop étroit de Gabriel, le brun.
– Mattéo, le plus grand qui porte le sweat trop court du petit Noah.
– Gabriel, le brun qui porte le sweat très long du grand Mattéo.
– Noah, le petit qui porte le sweat trop large de Nathan.

page 98

Animaths

page 99

Au balcon

page 100

Croquette

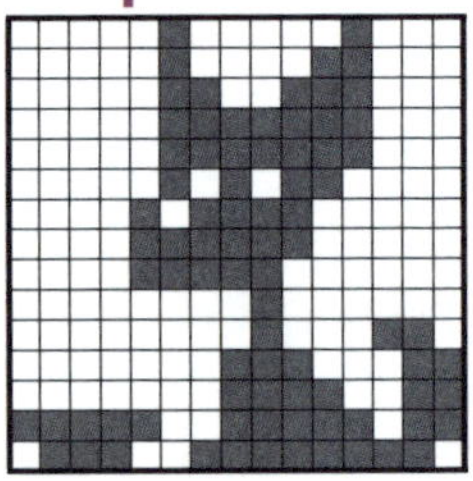

page 101

Shopping

52,40 €.
15 % de 56 = 56 × 15 : 100 = 8,40 ;
56 – 8,40 = 47,60.
100 – 47,60 = 52,40 €.

Suite logique

Les animaux se succèdent suivant leur nombre de pattes :

escargot (0 patte), émeu (2 pattes), éléphant (4 pattes), éphémère (6 pattes). Le suivant doit donc être un animal à 8 pattes comme l'épeire qui est une araignée.

page 102
Naturo-quiz
VIPÈRE

page 103
Labycolor

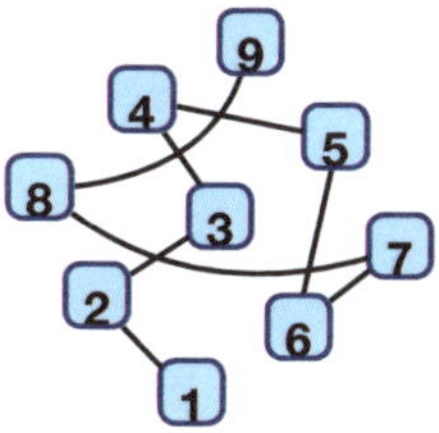

page 104
L'alibi
En arrivant devant la pizzeria, le commissaire et le brigadier ont tout de suite vu la pancarte « Fermé le vendredi ». La veille, Antoine n'avait donc pas pu venir y dîner et son alibi ne tient pas.

page 106
Touché ! Coulé !

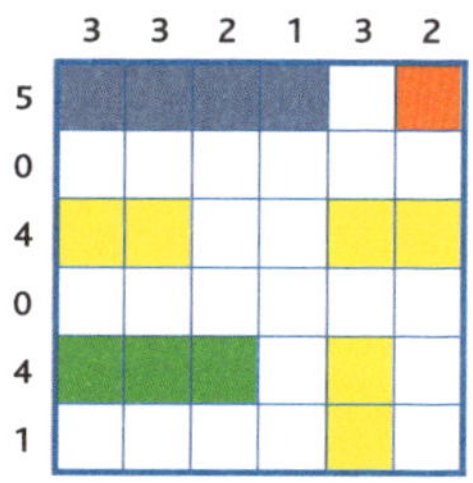

page 107
Les horloges
Sur la première balance, tu vois que 3 horloges violettes pèsent 900 g. Donc 1 horloge = 300 g.
Sur la deuxième balance, si tu retires 1 réveil vert de chaque côté, tu vois que 4 réveils verts + 200 g pèsent autant que 2 horloges violettes + 100 g. Tu en déduis que 4 réveils verts + 200 g pèsent 600 g + 100 g = 700 g et 4 réveils verts pèsent 500 g. Donc 1 réveil vert = 125 g.
Sur la troisième balance, si tu retires 3 réveils verts de chaque côté de la balance, tu vois que 5 pendules marron pèsent autant que 4 horloges violettes, soit 1 200 g. Donc, si 5 pendules marron pèsent 1 200 g, 1 pendule marron = 240 g.

page 108
Animaths
8 168 + 1 118 = 9 286

page 109
Symax

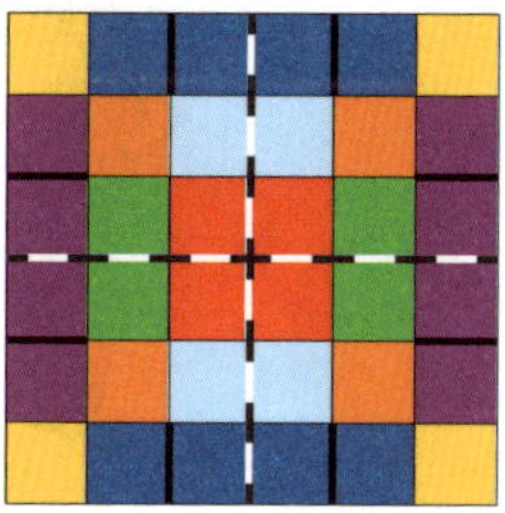

Solutions

page 110

Message codé

Je vais passer en cinquième sans problème.

Charades

Imperméable (impair, met, A, bleu).
Rendez-vous (rend, dé , vous).

page 111

Des billes et des calots

Un calot vaut 12 billes vertes.
12 × 7 = 84 billes jaunes.
Si 84 billes jaunes valent 20 mini-billes rouges, donc 1 calot bleu vaut 1 680 mini-billes rouges.

Suite logique

Ronan a classé les épices par le nombre de lettres de leur nom : paprika de Hongrie (16 lettres), piment de Cayenne (15 lettres), sauce Worcester (14 lettres), clou de girofle (13 lettres), raifort moulu (11 lettres), thym sauvage (11 lettres), piment doux (10 lettres), cardamome(9 lettres), cannelle (8 lettres), basilic (7 lettres), menthe (6 lettres), chili (5 lettres).
Les prochaines épices doivent donc avoir 4 et 3 lettres comme *anis* et *sel*.

page 112

Animaths

1 320 + 2 120 = 3 440

page 113

Labycolor

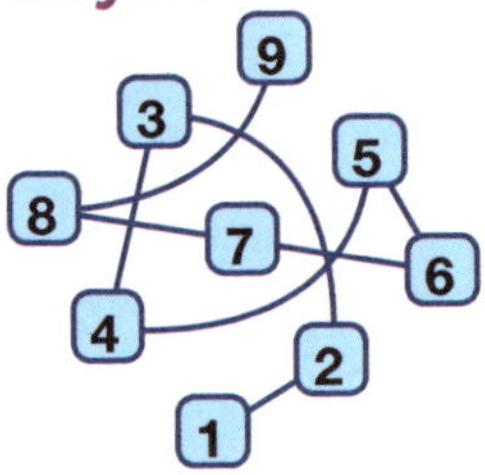

page 114

Charades

Escalade (S, K, la, 2).
Symphonie (saints, faux, nid).
Aventurier (A, vent, tu, riz, et).
Fer à repasser (fer, A, repas, C).